撒一把海盐 听一听风声

严奇 著

百花洲文艺出版社
BAIHUAZHOU LITERATURE AND ART PRESS

图书在版编目(CIP)数据

撒一把海盐 听一听风声 / 严奇著. —南昌:百花洲文艺出版社,2024.8
ISBN 978-7-5500-5401-1

Ⅰ.①撒… Ⅱ.①严… Ⅲ.①小小说—小说集—中国—当代
Ⅳ.①I247.82

中国国家版本馆 CIP 数据核字(2024)第 000137 号

撒一把海盐 听一听风声
严奇 著

出 版 人	陈 波
责任编辑	安姗姗
封面制作	温 霞
出版发行	百花洲文艺出版社
社 址	南昌市红谷滩区世贸路 898 号博能中心Ⅰ期 A 座 20 楼
邮 编	330038
经 销	全国新华书店
印 刷	江西千叶彩印有限公司
开 本	850 mm × 1168 mm 1/32 印张 7.5
版 次	2024 年 8 月第 1 版
印 次	2024 年 8 月第 1 次印刷
字 数	175 千字
书 号	ISBN 978-7-5500-5401-1
定 价	45.00 元

赣版权登字 05-2024-40

邮购联系 0791-86895109
网 址 http://www.bhzwy.com
图书若有印装错误,影响阅读,可与承印厂联系调换。

自 序

为了给新书写序，我几乎挠秃了女儿的头。

女儿还不到两岁，正是咿呀学语、蹒跚学步的阶段，成天便喊着吃零食、买玩具，丝毫不顾及她那正为写书焦头烂额的爹。

我不胜其扰，便答应女儿，把新书的序写完，便给她淘一点玩具、布偶、游戏机，还顺手给了她一枚糖。

什么是"序"？是甜？是咸？是软？是硬？女儿听不明白，我也解释不清。只当是如烙饼、炸串、烤蛋糕一般，为她制作零食的过程。

于是乎，为了吃好吃的，女儿每天都守在书桌旁，苦巴巴地等我写完序。

然而，新书的序并不好写。我看书，极少读序，没帮别人写过序，更别谈给自己的书写序了。

大多数时间，我不是在抓耳挠腮，就是在转笔取乐。

怎么还没写完呀?! 为了零食，女儿一天至少得问三次。为了安抚女儿日渐焦躁的情绪，我只能隔一会儿就摸一摸女儿的头，给她一枚糖，期待库存的糖发完之前，自己能写完序。

老师建新说，写序就当开宗明义、统揽全局，介绍书的构思，为读者厘清脉络。

长辈子强说，写序就当提炼精华、突出核心，体现书的创意，让读者读懂思想。

文友陶昱说，写序就当亮点纷呈、引人入胜，制造书的卖点，使读者愿意掏钱。

可惜，我的小说集不过是杂七杂八的闲言碎语，虽然自我感觉篇篇好看，但没有一以贯之的思想。若想让读者通过我的序，读懂我的书，难度实在太高。

再者，微型小说集都是灵感迸发的精髓，怎么会如长篇小说一般，有核心情节呢？

万般无奈，只得挠一会儿女儿的头，写一行字，挠一会儿女儿的头，删一行字……反反复复，写了删，删了写，纠结了许久，也没个所以然。

终于，妻子忍不住了，破口大骂："你怎么把女儿挠秃了？"

我这才发现，不知不觉间，地面上已经掉了不少女儿的头发。

女儿也慌了，趴在地上大哭起来："我不要像爸爸一样当秃子！我要玩具！"

"我也没秃呀。"我愣愣一句。

"这是现在该想的问题吗？现在得赶紧找医生！"妻子斥责道。

　　幸好，同为医生的妻子认识一位儿童健康专家，善于治疗各种疑难杂症。

　　听完女儿的情况后，专家给出的结论十分中肯。女儿的掉发既不是被我挠的，也不是什么疑难杂症，而是因为吃糖太多，补钙太少，营养不足。

　　专家的话点醒了我。

　　小说如人，写得好不好看，"补钙"是关键。

　　"补钙"的关键，便是为小说编出一个好故事。

　　可是，这本小说集的十万字已经写满了，不能再多了。

　　所以我就写序，把序写成小说，不就补"钙"了吗？

　　以上就是我给《撒一把海盐 听一听风声》写的序。

　　而这部成文的小说集，也是我给女儿未来留下的礼物——爸爸的奇想杂思。

严　奇

2023 年 5 月 20 日夜

目　录

第一辑　尝一勺陈醋　减一减糖味

第二辑　喝一口白酒　压一压芥末

第三辑 撒一把海盐 听一听风声

第一辑　尝一勺陈醋　减一减糖味

甜味之友即酸味

老糖蘸陈醋

故事里的甜味更健康

寻她记

放下电话，老支书急匆匆跑向村口，远远地瞧见一个背影，消瘦又明晰。

"原来这二十多年，他就住在这。"此时坐在村牌石上的阿正叼着香烟，望着远山近水喃喃自语。没人回应，他就掏出指甲钳上的锉刀，一个接一个挑破脚底的水泡。每挑一个水泡，他都会龇牙咧嘴。

老支书轻咳一声，阿正如受惊的兔子，套上袜子跳下石头，将手在衣服上擦了两下，又忙不迭掏出烟盒，熟练地把烟弹出半截，嬉笑着递了过去。举手投足间，全然没有读书人的沉稳。

"你来找谁?"老支书一脸警惕，顺手推开了烟。

"您好! 请问，村里是不是有一位姓赵的大姨? 五十二岁，应该是……瓜子脸，眼睛大大的。"习惯看人脸色的阿正，对老支书的排斥并不在意。

"我们村上百口人，不知道你说的是谁! 再说，你找那人做什么?"老支书背着手挺直腰，虎口处的铜烟杆上下摆动，双眼直直地看着阿正，犹如钟馗盯着小鬼一般。

"那位大姨对我们家有恩……我爹……不，我叔嘱托我来探望一下。"阿正支支吾吾，目光躲闪。

"哼！我看不像报恩的，倒像来寻仇的。你们这种小混混我见多了。我们村不欢迎！赶紧走，要不然，我就报警了！"老支书拔高声调，转身准备离开。

阿正试图拦住老支书，奈何脚底生疼，绊了一跤摔倒在地。可他还是抓住了老支书的裤腿，略带哭腔道："我找她真的有事，我求求您了，爷爷，亲爷爷，我知道她就住在村里，您就告诉我她在哪儿吧。"

老支书怒目圆睁，将铜烟杆高高举起："撒手！"这一声怒吼吓得阿正一哆嗦，下意识松开了手。

"为什么非得找到她？"老支书放缓语气问道。

阿正叹了一口气，没吱声，默默脱下上衣。本就消瘦的身子竟爬满了各种疤痕，有鞭抽的、烟烫的，还有刀划的……

"我生在偏远的小山村。娘是外地人，我三岁时，她没了踪影。爹说，娘嫌弃山里穷，跟别的男人跑了，爹成了全村人的笑柄。于是，我成了他撒气的对象，没书读，也没饭吃。我不恨我娘，只恨那个把娘带走的男人。如今，我长大了，流浪两年，翻山越岭走了不少地方，就为了找到她。"阿正如同讲别人的故事一般，淡淡地倾诉着。"不求什么，只是……想给她磕一个头。"

老支书嘴角微微颤动，略沉思后告诉阿正："她就住在村东侧，米白色墙的那个院子。"老支书向村外走出几步，回头又说："我早就猜到是你，原本不希望你去见她……可毕竟她快死了。"

娘快死了？这突如其来的消息，犹如晴天霹雳。

没顾得上道谢，阿正很快向村子内跑去。不一会儿，就找到老支书所说的院子。

刚准备敲门，门自己开了，走出一位温文儒雅的白发先生，差点与阿正撞上。

白发先生瞧了瞧阿正，布满哀愁的脸庞硬生生挤出一丝微笑："你也是来看赵老师的吧？幸好来得及时，去看看她吧，我正准备出门置办棺……买一点药。"

阿正愕然了！眼前就是那个"骗"走亲娘的男人。可白发先生一身文雅宽和的气质，与爹说的或阿正一直猜想的男人形象相差甚远。

白发先生将阿正领进院子，院内花园中竖着一把遮阳伞，伞下一抹红色的人影静卧躺椅上，气若游丝。

阿正一步一步靠近，重重地跪在母亲跟前，万般情绪涌上心头，一时不知道该说些什么。

白发先生见阿正发呆，开口道："我妻子年轻的时候立志下乡支教，结果被人贩子卖到山区，还被强迫生了一个孩子，每天都在前夫的拘禁和欺凌中度过。幸好老天有眼，我跋山涉水，终于找到她，偷偷把她救回村里，一起当了老师……"说到这儿，白发先生顿了顿，最后如用尽全身力气般推出一句话，"可惜，早年过苦过劳的日子伤了她的底子……刚五十岁出头，身子骨就垮了。"说完，白发先生便扭头走出院子，躲在墙角，暗自哭泣。

阿正的大脑一片空白。

原来爹骗了我！

娘的过去那么不堪。

我该说出来，我是她的儿子吗？

让她想起那段悲惨的过去？

或者，和其他人一样，喊她一声"老师"？

可娘还记得我吗？

怪不得村支书不希望我见她。

胸口涌动着复杂情绪，阿正悲愤难言。

就在此时，红色的身影仿佛感受到了什么，勉力睁开眼睛。

母子四目相视，一瞬间愧疚、思念、欣喜等诸多情绪如潮水般涌来，二人潸然泪下。

女人嘴角张了张，最终没有说出话来，嘴角上扬一下，定格了……

（该文发表于《百花》）

三世云海缘

春风化雨，草木萌动，琉璃树上，荧花漫天。一男子手持老酒一盏，一袭长衣沐浴在月光之下。衣裳是白的，鞋袜是白的，长发是白的，居然连腰间的剑鞘也是白的。然而，在这一身仙气盎然的装扮下，却是一副完全不搭调的面容——泛黄残缺的门牙，高低不平的眉角，还有爬满皱纹的脸颊。

"太油了！太傻了！"

"这是哪一部电影的拍摄现场？怎么能那么辣眼睛？"

"再也不敢看仙侠剧了！简直毁灭了仙人哥哥在我心目中的形象！"

……

诸如此类的嘲讽自手机评论区倾泻而出，让人不敢直视。望着眼前沉浸在仙侠剧扮相中的爷爷，坐在摄像机旁的豆豆欲言又止。

前段时间，70岁的爷爷忽然迷上了仙侠剧，花光大半积蓄，执意拉着刚大学毕业的孙女豆豆当自己的制片人，沉浸在自编自导自演的仙侠梦中。可拍摄伊始，老宋的仙侠扮相便被路人曝光至网上，引发争议。

"如今的仙侠剧，都是小鲜肉扮相，从没见过老人当主角。即便你家爷爷再卖力，拍出来的片子也没人看呀！"摄影师十分疑惑。

"你看，从文戏到武戏，爷爷无一不亲自上阵。可他的年纪实在太大了！爬上爬下，我们怕他身体吃不消。"片场副导演也帮腔。

"请各位专心拍戏！又不是不给工钱！"面对喋喋不休的质疑声，一贯支持爷爷的豆豆有点生气。

就在这时，老宋踉踉跄跄地走了过来，面色苍白，汗流浃背。

"爷爷！为啥那么拼呀？"望着眼前疲惫的爷爷，豆豆不免心疼，赶紧跑近前去搀扶。

"哈哈！这是一个秘密，等片子出来了再告诉你！"老宋摆了摆手，将豆豆推开，随即安排副导演开始下一场戏。

起初，豆豆很抗拒帮助爷爷拍摄，只道退休后的爷爷不服老，想花钱成名。后来，爷爷以断食威胁，才让豆豆不得不帮他请人拍摄。只要老宋来到片场，豆豆必然也会到场跟班，一来怕爷爷乱花钱，二来怕爷爷伤到自己。

可惜，临时搭台终究不够专业，就在拍摄最后一场打戏时，老宋因动作不当，在吊威亚时身体撞上了树。虽然没有重伤，却也无法再剧烈运动了。

坐在片场的担架旁，豆豆不禁落下眼泪。

"放心，忙活了几个月，总算拍完武戏了。后面就是文戏了。"爷爷有气无力地安慰豆豆，可表情却有着淡淡的落寞。

"您还想拍呀！您这到底为了啥？再不说，我就不帮你了！"豆豆抹去眼泪，语含愠意。

"前段时间，我怕你'泄密'，才没和你说得那么明白。"老宋悠悠道，"我和你的奶奶年轻时候都在电影片场工作，爷爷是武行替身，奶奶是群众演员，因为都喜爱武侠电影而相遇。还记得四十多年前，在结婚仪式上，我向你奶奶承诺，要亲自导演一部跨时代的流行电影，请奶奶当主角。可惜，时光荏苒，年轻时疲于生计，我一直没有兑现诺言。"

豆豆这才想起，三个月前，奶奶被检查出了癌症，所剩时间不多了，每天大多数时间都躺在病床上。自那时候，爷爷便开始发了疯似的筹备拍电影。为了拍好影片，老宋一改往日懒散的生活习惯，除了戒烟戒酒，他坚持每日早起跑步，早睡休养。每天花五个小时守在医院照顾奶奶，四个小时坐在桌前推敲剧本，三个小时站在阳台练习台词，两个小时待在老年健身房锻炼。

"原以为，你奶奶还能站起来，陪我拍完电影中的文戏。可惜，她的病情并不允许。"老宋望向片场的琉璃树，惆怅的面容中仿佛看到了他们夫妻相聚于树下的样子。

"没关系，爷爷，看我的，我有办法！"豆豆拍了拍胸口，自信地说。

两个月后，老宋一瘸一拐地带着存储成片的平板电脑走到妻子的病床前。轻轻一按，蓝光闪烁的屏幕照亮了昏暗的病房。

豆豆的奶奶勉力睁开眼睛，只见满天星辰下，一男一女两位侠客依偎在琉璃树旁，深情凝望。那男子正是自己的丈夫，而那女子和年轻时的自己一模一样！影片的标题更是赫然在目，仿佛从天外飞来的一样，"三世云海缘"几个大字，在屏幕上久久闪烁。

豆豆靠在奶奶身边，轻声说道："一直有人说，我的体形和奶奶年轻的时候很像，所以，我换上长裙替奶奶拍摄，请我的大学同学用 AI 技术对照奶奶年轻时的照片，把'脸'换了!"

十分钟后，悠扬的风笛奏响影片的片尾曲。

"原来你还记得那部《云海玉弓缘》呀?"奶奶轻盈的话语掩饰不住心中的兴奋。

望着缓缓而出的片尾字幕，奶奶笑了，爷爷哭了。

（该文发表于《今日阳朔》）

浴室里的雨伞

傍晚，比约定时间迟了五分钟，蔚兰怀着忐忑的心情，推开枫红色的木门，她说："思哲，我来了！"

这是一套单身公寓，不到 70 平方米，进门即阳台，种满了香水薄荷、月光向日葵和薰衣草，还有一个客厅、一个厨房、一间浴室、一间卧室。卧室床头便对着落日余晖，木质书架上，皮卡丘、粉红豹和哆啦 A 梦静待客人的来访。

"进来先坐一坐！我正给你做我独家配方的蒜香大闸蟹！"思哲的话在蔚兰耳边响起。一个月前，闺密海妃把思哲介绍给蔚兰，思哲难得把蔚兰邀请到家里吃饭。虽然，这不是蔚兰第一次到男孩家吃饭，可如此温馨的场景却是第一次感受到。还是海妃说得好："你们两个人年纪都不小了，该进入下一步了。"

"我可以用一下你的浴室吗？"蔚兰在客厅驻足片刻，便忍不住一个人参观起来。毕竟，听海妃说，观察一个男人的生活，得从浴室开始。"没事，随便用！"厨房里传来思哲忙碌的声音。

蔚兰走进浴室，宽敞的浴室镜柜前，牙刷、牙膏、剃须刀、洗面奶从高到低整齐码放，没有一点污渍；头顶的天花板是星空的图案，一抬头便能感受到星空的璀璨。

"是什么样的经历，让一个外表粗犷的男子学会打理生活的？"蔚兰不禁产生一丝疑问。此时，浴室门旁一个物件吸引了她的注意，那是一把长柄雨伞，靛蓝色的伞布、竹节般的伞柄，伞柄之下牵着一条粉红色的麦穗。而略带锈渍的伞骨，说明这把雨伞已挂在浴室很久了。

"怎么把雨伞放在浴室里呀？"蔚兰向思哲问道。

"哈哈！那是我的一个小癖好。没事的时候，会在浴室里打伞……"思哲并没有停下手中的活计。在浴室里打伞，这是什么怪癖好？蔚兰转头望了望浴室内的透气小窗，她有点担心：这个男子该不会是个变态吧？

此时，思哲刚把大闸蟹端了出来，蔚兰也放下伞，进了客厅。两个人坐在餐桌两头，大闸蟹的香气渐渐飘满客厅。思哲剥开一只大闸蟹，把里面的蟹黄夹进蔚兰的碗里。

"是不是感觉很奇怪，浴室里面放雨伞做什么？相信我，我不是电影里面的打伞怪人。"思哲表情诚恳，略带笑意，他擦了擦手，继续说道，"你看过宫崎骏的《龙猫》吗？"

"嗯嗯，那是我最喜欢的动画电影。毛茸茸的龙猫超可爱！"蔚兰点了点头，尴尬的气氛也少了几分。

"哟！我们又增加了一点共同语言。"思哲的眼角泛出浅浅的笑纹。"大学毕业那年，我第一次看《龙猫》。印象最深的就是小月背着小梅等爸爸的那一夜，龙猫撑着小月送的雨伞，雨滴打在雨伞上，清脆空灵、悦耳动听。"思哲不慌不忙，再把蟹肉一点一点地取下，放进蔚兰的碗里，"那一瞬间，我感觉夏天来了！从此，便迷上了这个声音。于是，我买了一个大花洒，没事的时候，就一个人打开花洒，把水量调至适中，撑起雨伞，听一听'一个人的雨声'！"

聆听着思哲描述的仿佛小说中的情节，蔚兰不禁被眼前的男人吸引：试问，一个能把童趣搬回家中的男人，有多可爱？

"你怎么那么浪漫？"蔚兰放下了筷子。

"想有雨的时候就能有雨，浴室曾是我一个人的空间。希望有一天，我的伞下会有你的目光。"思哲露出深邃的微笑。

饭后，思哲把蔚兰送下楼。"看你那把伞有点旧了，我给你换一把吧？"

"不用！我已经习惯这把伞的声音了。"思哲拒绝得简单而果断。蔚兰也不强求，上车离去。此时，海妃给蔚兰打来电话："怎么样？这个男人不错吧？"

"亲爱的，他前妻去世多久了？"

"怎么忽然问这个？我记得，好像有七年了吧……"

"哦，这样呀。"蔚兰记得，三年前，她曾听海妃提起，她有一位朋友，和亡妻相爱至深。那个男人每每喝醉，都会对旁人说："她喜欢看《龙猫》，我向她求婚的时候就是在电影院里。我始终记得和她散步回家时，雨滴敲打在伞布上的声音……"

"他挺不错的！有一点独特的癖好。专情的男人有一种莫名的安全感，你认为呢？"海妃又问。

"我会和他一起听雨声。"蔚兰答。

（该文转载于《微型小说选刊》）

拐杖

"你说说，哪有像他这样魔怔的人。劝了他几次了，总是听不进去，铁打的身体也受不了这样持续的高强度练习啊!"张教练把我拉到一旁，脸上笼罩着一层淡淡的阴郁，分不清是惊惧还是担忧。

其实，刚进健身房的时候，我就注意到了这个与众不同的男孩。他身穿一条发白的运动短裤，那片白醋似无数汗水凝结的盐霜;一件泛黄无皱的休闲T恤，俨然已身经百战但仍被爱护有加;一副黑框眼镜安静地藏在齐耳的发梢下;仿佛也耐不住夏日的炎热，躲着乘凉似的。汗水点缀着的脸庞散发着二十岁左右的朝气蓬勃与文质彬彬。烈日灼热，风扇呼呼地吹，此时，他正躺在健身椅上，挥动着两只10千克的哑铃。肌肉的凸起，仿佛若隐若现的山峰，嘴里的热气使这"山"云雾缭绕，更添几分仙气。

之所以说他与众不同，是因为他比我们多了两套装备——一副医用拐杖挺拔地站在墙边，一条坚毅的护膝牢牢地抱住右膝。我总感觉这充满反抗与不屈意味的装备似曾相识，约莫是哪位韧带受到重创的朋友用过。

"运动健身强调整体性和协调性，要调动每一块肌肉。即便锻炼胸肌、腹肌、背阔肌，都得全身性发力。腿部有伤不能发力，其他肌肉独木难支，自然也练不好，不如好生休养，痊愈后再多加练习。"张教练意味深长地摇了摇头，声调忽然蹿高，肆意向男孩的耳朵里奔去。我附和着，赞同地点了点头。

可是，这个男孩对外在的声音充耳不闻，沉浸在自己的锻炼中，沉浸在自己营造的美丽世界，那里有层峦叠翠、彩霞万里、佳人相伴……从哑铃到杠铃，从蝴蝶机到推胸器，他总是拄着拐杖快步到达下一个锻炼器材面前。每每练完一组，他就像是被刺穿的气球，瘫倒在器械上，用尽全力气休息着。只见他牙关紧闭，右腿微微颤抖，上下眼皮眯成了一条窄缝，分不清是训练力竭的酸痛，还是腿伤反噬的刺痛。他看了下运动手环，忽然又像打了鸡血似的精神抖擞，原来他总是掐准一分钟的休息时间，从不肯多浪费一秒钟。

健身房里人很多，却没有半点多余的声音，大家都屏气凝神，看着男孩一步一步、一组一组地锻炼着，眼神仿佛穿越了时空，看到了英勇的战士，一往无前。人们为他顽强拼搏的精神所感染，纷纷站在一旁，给男孩让出所需的器械。余光交接之处，尽是对这份坚持无上的敬意。以往喧嚣的音乐声、呐喊声仿佛意识到了自己的多余，全不见踪影。整个健身房只充盈着男孩训练时所发出的声响。

一阵手机铃声打破了这份静穆。男孩掏出手机，看了一眼屏幕后，眼神中闪烁着欣喜的光芒。他深深地吸了一口气，擦了擦脸上的汗珠，迅速地调整凌乱的呼吸，摊开手掌在已经湿透的短裤上蹭了蹭，充满期待而又小心翼翼地接通了电话。

"嘿！在干吗呢？"电话那边传来悦耳的女声，宛如山谷清音，

悠然回响。

"锻炼呢，我可认真了!"男孩喘着粗气，笑意却早已堆了满脸。

"我不信，这才几点呀?"女孩佯装不信，撒娇道。

"真的在锻炼，我这周可瘦了 1 斤呢，距离型男的目标可不远啦。"男孩提高声调辩解，酷似受了冤枉的孩子。随即起身，忍着疼痛转动着身体，让女孩看清健身房的全貌，唯独略过了立在一旁的拐杖。

"好! 好! 我相信你。不过，你要永远记得，你是我的拐杖，别把自己累坏了。"女孩温婉的语调下，难掩对男孩的关心。

"放心吧，我心中有数，不会累坏自己的! 你也要记得，等你回来，我会背着你上山看日出……"一段幸福的沉默后，男孩的声音再次响起，"行啦行啦! 不说了，我继续锻炼啦，我要继续增肌了，等再见面时我一定会成为一个标准的型男。"没等女孩答话，男孩就慌忙切断了视频。强忍着右腿的疼痛，没有了女孩声音的滋养，终于支撑不住，男孩重重地摔在了地上。

我刚想冲过去扶他，却被张教练拦了下来。他摇了摇头："爱情给人的信念是无穷大的，他一定可以。"这下，他相信男孩可以自己站起来继续锻炼，并且不再苦劝男孩休养了。教练脸上的阴郁悄然消失，露出动人的笑容，他的眼神中，少了三分担忧，多了七分欣慰。听其他人说，张教练也曾为了某个女孩而努力锻炼过……

（该文发表于《华西都市报》）

担当

"我女儿最近的表现，让我有一些惶恐。"宋主任在办公室内来回踱步，紧紧握住保温杯的两只手颤颤巍巍上下移动，不安的情绪从唇间向紧锁的眉梢蔓延。

"孩子怎么了？最近不是挺好的吗？放学后，主动接她弟弟来你办公室，一个人静静地坐在角落写作业。"要知道，宋主任可是我们部里最年轻的办公室主任。巾帼不让须眉，聪明能干又稳重大气，极少见她如此焦躁。

"也不知道最近怎么了！她突然变得特别积极。早早起床，吃完早餐主动学英语，晚上放学，晚饭之前自觉听网课。写完作业，不待我催她，便自己看课件复习。甚至常常关心我的工作忙不忙、累不累，等等。可她以前从不这样。按理说，我应当觉得很开心。可我总是觉得不对劲。"

孩子的行为一旦反常了，说不定会有什么大事发生。这是成年人对孩子的共识。孩子不进步，家长发愁。孩子进步了，家长还担心。难怪现在的孩子说当孩子难，家长也说当家长难。过去，屡屡听宋主任提起，她女儿在学校可是出了名的调皮。前天带着同学逃课爬山，昨天带着舍友组团玩游戏，今天带着弟弟户外探险，就是不肯安心学习。让宋主任不得不频频请假，回家看娃。为此，她受了不少批评。

"不会和哪个男同学约定，一起好好学习了吧？"我半开玩笑地抛出看法。想不到，宋主任立马慌了神。

"早恋可不行！我得马上和她班主任谈一谈！剩下的活，你帮我干完，辛苦了！改天请你喝饮料。"话没说完，宋主任便放下手头的工作，急匆匆地走了。

令人意外的是，第二天，宋主任一扫愁容，兴冲冲地来到办公室。

"孩子还好吗？没有早恋吧？"同事们纷纷表示关心。

"没有！没有！她好着呢。"原来，最近班主任让她女儿担任学习委员，还给她女儿布置任务，收作业、批作业、组织朗读等。想不到挑起担子后，孩子的性子一下子就变了，开始对自己严格要求，声称要给同学和弟弟做榜样。每天第一个赶到学校，帮助老师整理教具，最晚一个离开学校，帮助同学收拾教室，得到老师和同学的一致好评。

"人家都说，父母是子女的第一任老师，或许你女儿是向你学习呢！"

"是的！她班主任也是这么说。有了责任，让孩子学会长大。"一想到这，宋主任满脸的自豪。

"今天干脆早一点下班，带孩子出门玩一玩，当作奖励？"

"不了！不了！手头的工作还很多，我得给孩子做榜样！"宋主任随即投入工作中，加班到了深夜。

然而，没过几天，一个突如其来的电话，又让宋主任不得不匆匆赶回家。

"我得先走了！听我妈说，刚刚接女儿放学，两人居然不明不白吵了起来。女儿回到家，便打了弟弟几下，现在一个人躲在房间里偷偷地哭。"宋主任万万没想到，近段时间非常听话懂事的女儿，也有耍性子的一天。

匆匆忙忙赶回家，宋主任便听到女儿的抽泣声。孩子受什么委屈了？一进女儿房间，宋主任便把女儿揽在怀里。

"女儿乖，告诉妈妈怎么了？"

"没怎么。"女儿倔强地摇了摇头。

"是不是学习压力太大了？"见女儿不回应，宋主任试探着问道，"最近你忽然开始好好学习了，我原本很高兴，可又开始担心。怕你压力太大。"

"妈妈！我想以你为榜样，当一个优秀的人。可越来越觉得，当好学生好累！每天得早起晚睡地学习，还得坚持帮老师处理班务。我已经有好长一段时间没和同学一起玩了。压力好大！真的很想放松一下。"

人哪，不管处于什么位置，要想有担当，总是有压力的。女儿的坦诚让宋主任百感交集，刚想说什么，又把话咽了下去。

女儿继续说道："妈！以前，我总是闯祸，只是想引起你的注意。原来工作那么辛苦，我让你费心了……对不起。"

女儿的一声"对不起"，让宋主任的眼眶湿润了。

"没事！如果你想放松一下，不想写作业，就告诉妈妈。妈妈可以带你去游乐场玩……不过，回家后可得抓紧时间完成作业。"

女儿开心地点了点头。宋主任心想："或许我也应该休息一下，陪一陪家人了。"

（该文发表于《金山》）

买醉

"你喝奶就会醉？别扯了！"

"你没生过孩子，你不知道！刚出生的孩子'酗奶'，不管是饿了、疼了，还是累了，只要能喝上一口奶，就能迅速入睡，那表情就像喝了十斤酒一样享受呢！"

"那和你有啥关系呀？"

"嘿嘿！我最近返老还童，喝奶也醉！反正以后有饭局找我，我只喝奶，不喝酒！"说完，德茂抄起大奶瓶，咕噜咕噜一饮而尽，而后竟真如酒醉一般，瘫倒在地，惹得同桌的客户友商一阵惊异。

要知道，德茂过去既是酒商，也是出了名的酒鬼，每顿饭都可谓无酒不欢，在酒桌上谈下的生意不计其数。后来，德茂转行卖奶，声称无论什么场合的饭局他都坚决不喝酒，还在饭局上吹嘘奶醉比酒醉强的"十大好处"。虽然喝奶的饭局不多见，可德茂用自己的奶瓶与客户的酒瓶干杯，用自己的奶醉换客户的酒醉，十分真诚的表态，倒也赢得了不少尊敬。

毕竟，多数应酬是为了赚钱，若有奶喝，又何必喝酒呢？

当然，并非所有客户都能接受德茂的奶醉。这一天，德茂碰到了一个"酒徒"客户，二人在酒桌上争论了起来。

"人家都说，男人不喝酒，枉在世上走；只要心里有，茶水也当酒！我喝酒十五年了，从不信酒桌上还有人喝不了酒的。"客户端起酒杯，就准备往德茂脸上凑。

"老哥！我喝酒二十年了，可能比您多一点经验。您的说法，我不同意。"德茂拦下酒杯，笑道。

"哦，为什么呢？"客户脸上浮起了不悦。

"您请听我说，我们人类诞生于世上，喝的第一口便是奶，您说是不是？"

"那当然。"

"因此，喝奶是人类天生的爱好，喝酒是后天养成的爱好，对不对？"

"嗯嗯。"客户想了想，倒也认同。

"到了我们这个年纪，人要活得越来越年轻，所以喝酒越来越少，喝奶越来越多，对不对？"

"这么说，好像说得通！"

"老哥，光喝酒太野蛮了，我们都是老酒客了，既然上了酒桌，就得来一点高级的文斗！"德茂主动提议道。

"那怎么文斗？"

"我们不喝酒，喝奶好不？谁喝得少，谁就输！"

"好呀！"德茂的提议，立即得到客户的响应。客户心想，我喝酒都不怕你，何况喝奶？

然而，令客户始料不及的是，喝奶他还真斗不过德茂。不到三瓶奶，肚子里冒出的滚滚奶气，便让客户不得不"缴械投降"。

"哈哈，老哥您是喝酒的胃，自然比不了我这喝奶的胃啦！承让！承让！"抹干嘴角的奶渍，德茂坐了下来，表情如豪饮斗酒胜利一般怡然自得。

肴核既尽，杯盘狼藉。几人走出饭店，在停车场旁散步休息。

"德茂，名不虚传，你果然好'奶'量！"客户的口气，一半调侃一半敬佩。

"那可不！"德茂打出一个奶嗝，呼出一阵奶气，醉醺醺的姿态溢于言表。

就在此时，一辆轿车毫无征兆，一脚油门从停车场驶了出来，径直撞向路边路过的一对母子。

说时迟，那时快，德茂一个箭步冲过去，将那对母子推开，自己则顺势闪向一旁。那辆轿车随即撞上了后面一棵大树，停了下来。

德茂跑上前，将轿车司机拉下车后，发现司机满身酒味，顿时怒由心生，对司机愤怒地喊道："知不知道喝酒不开车，开车不喝酒？！知不知道？！"那样子，简直就是一个撒酒疯的混子。

客户一行将德茂拦下，安抚道："我们报警了，让警察处理他就好……话说，您这健步如飞的样子，真不像醉了。"

德茂呆住片刻，继而又笑道："我的酒量大，奶量也大，这点奶哪够醉的？俗话说，酒不醉人人自醉，其实喝奶也一样。"

说完，德茂便拦下一辆出租车匆匆离去。

十分钟后，德茂来到一家精神病院。走进熟悉的病房，床上一个失神的女人呆呆地望着他。

德茂换下衣服，趴在女人腿上，将携带的奶瓶递给女人。

原本痴呆的女人忽然换了一副表情，安然地将德茂揽在怀里，竟开始喂他奶喝，嘴边还不由得哼唱着什么。看着德茂咕噜咕噜如婴儿般喝奶的样子，女人笑了，笑得很幸福。

几年前，德茂在应酬时喝醉后非要逞能，开车接半岁的儿子回家。结果因为醉驾酿成事故，他活了下来，孩子没了。

出狱后，德茂才得知，因为孩子的离世，他的妻子已经疯了，只有喂奶的时候，才会露出笑容……

奶茶情缘

那是在一个清风徐徐、细雨绵绵的傍晚。

一间鲜为人知的奶茶店里，一杯没调好的寒天冰露奶茶静静地立在吧台上，似乎在等待着某一个人。小店的一角，飘荡出店主最喜欢的曲子——《玫瑰人生》。而这家店的主人小艾正趴在桌前，目光望向门外。

淡淡奶茶香飘荡在悠扬的乐曲中，让雨后湿润的空气都流露出一股浪漫的气息。正在此时，一阵清脆的订单提示音打破了宁静。那是一杯寒天冰露奶茶的订单，备注上写着："寒冷的雨夜来了，请为我做一杯奶茶，暖一暖你的手。"小艾放下手机，会心一笑。

不出片刻，店外一辆摩托车停下。一位身材高大的外卖小哥在门外抖了抖雨衣，缓步走了进来。

"老板！老客户的单，做好了吗？"

小艾瞥了小哥一眼，慵懒地答道："就差一勺红茶了。"

小哥苦笑，他似乎不止一次看到小艾如此冷漠的神情了。"总听那个老客户说，他非常喜欢你们家芋圆那种 QQ 弹弹的味道。所以，他每次在我换班的时候都点一杯。如果你想见他，我可以帮你介绍。"

小艾听罢，将奶茶递给小哥，转过身，把目光转向墙角的行李箱。"不必了，替我好好谢谢那位客户。然后……"小艾转过身，顿了顿，便用坚定的语气说道："如果你没事，就常过来陪我聊聊天，也聊一聊那位老客户。"

小艾突然的话语，令小哥为之一愣。可他没有作答，回身便准备离开。"你知不知道，张爱玲曾经说这世界上有一个人是永远等着你的？"小哥边走边笑边回头说，"前两天，他说，你做奶茶的样子，很可爱。"

话未说完，小艾打断了小哥。"去去去，别耽搁了，小心给你打差评！"望着小哥微笑间离去的背影，小艾怅然若失。

这是一座南方的小城，入春的这个季节，宁静的雨夜，总是那么令人心醉。

又是一个傍晚，大雨不停，店内的空气流露出一股冷涩的气息。天气预报说，台风会在三小时后登陆。奶茶店的老板却没有离开。她倚靠在窗前，焦急而又期盼的眼神，似乎在等着手机里那熟悉的订单提示音。

浅红色的雨帘中，一缕淡黄色的身影匆匆地走了过来。他推开门扉，在门外抖了抖沾满泥点的雨衣。"老板！老客户点的单，做好了吗？"小哥急促地问。

小艾为小哥的忽然到来感到诧异。可她还是端起早已准备好的奶茶，递给了他。

"要不歇一会儿？"

"来不及了，还有两单要送。"

小哥接过奶茶，转身就要离开，可走到门前却停了下来。"他是一个高大帅气的男人，希望你不要错过。"

小艾听罢有点恍神，可还是没说出最后想说的话——我明天就要走了，让那个客户不必点单了。

而在犹豫间，小哥已打开店门。

门外的雨声很大，似乎能隔绝一切思念。

望着门外小哥即将离去的背影，小艾苦笑，心中的汹涌也停了下来。

不知怎么地，小艾忽然想起小哥说的那句话——这世界上有一个人是永远等着你的。

终于，她掏出手机，拨通了订单那一头的电话。

就在此时，门外响起了八音盒版的《玫瑰人生》。那慵懒的歌声摇曳在雨中，伴随着摩托车呼啦的声响，逐渐远去。

（该文发表于《三江都市报》）

送你最美的花

"先生，您盯着这束花已经快半小时了，即便您等到这束花谢了，我也不会给您降价的……"花店老板伊敏打趣着眼前的男人，手指还不停地在手机屏幕上飞舞，向远方的闺密爆料男人焦急的样子，也让闺密看个趣事。

"哦？真的没有办法了吗？"男人失望的神情落寞、低沉、欲舍不能。男人名叫霖生，一身笔挺的西装，一双锃亮的皮鞋，成熟、健硕又帅气，低沉的气息有一股吸引人的忧郁感。

"除非……除非您加我微信，然后请我喝一杯咖啡。"伊敏笑了，碎花的长裙，齐腰的长发，笑得很甜，饱满的脸颊洋溢着青春的红晕，略有一点调皮，一副"你看着办吧"的态度。

"哈哈，那算了，还是原价付款吧！不能让老板亏本……"霖生也笑了，毫不客气地否决了伊敏的提议。

两分钟后，霖生手捧鲜花，走出花店。

三朵香槟玫瑰、两株绣球、四枝雏菊搭配复古邮报风格的包装纸，一层深色套一层浅色，再套一层白色，大红丝带捆扎，霖生心想："虽然没有打折，有点小贵，可这样的搭配多么完美呀。"他现在脑海中满是妻子看到花后开心的样子。

妻子喜爱鲜花，过去他们两人时常因为买不买花而争吵。正当霖生遐想之际，忽然一阵强风吹过，雏菊的两片花瓣惨遭袭击，被风卷走，瞬间变得不再完美，犹如美人脸上多出的痣。霖生大呼："不好！"连忙撤回花店。

霖生抬头才发现，不知何时开始，天空早已聚拢一片乌云，疾风骤雨不期而至。

霖生心知，再不走就回不了家了，他索性硬着头皮，将花束紧紧地揣在怀里，走出花店。

风呼呼地吹，霖生撑起外套，时而侧身躲闪，时而背身抵御。袖口、两肩、后背都湿透了，可鲜花却连一个雨点儿也没有淋到，一片叶子也没有伤到。

然而，风势雨势越来越大，花店附近是码头，入夏的风格外的大，看不清轨迹，忽而从东边吹来，忽而从西边拂过，似乎有心戏耍霖生，让他不由得左右摇摆，像一只挂彩的陀螺仪一般，在街上摇摆。

"早知道，就在家里种上几盆花了。"可想了又想，霖生还是摇了摇头，"我可没心情伺候花，还是买花简单实在。"

风依然很大，飞落的花瓣越来越多，连包装纸都被风折偏了，留下几道痕，偶尔还有雨丝落下。

"花瓣沾上水会坏的……"霖生脱下大衣抱在胸前，一手撑衣遮掩，一手挽花垂头，丝毫不在意渐冷的寒风，那姿势别提有多怪异了。

"先生，您需不需要帮忙？您不怕冷，可这么美的花要是淋坏了，可就没法送人了哟！"这时候，一辆宝马停在霖生身边，姑娘摇下车窗，邀请霖生上车。姑娘身着玫红色衬衫，短发及肩，围巾雪白，主动和霖生搭话。

"谢谢。"霖生微笑以对，"送花回家也是一场修行，这样见到妻子就有不少话题可以聊了。"

姑娘尴尬一笑："要不我把伞借你吧？然后留个电话……"

"好呀！好呀！"霖生竟也毫不客气，接过伞，撇下姑娘，便径直走回家，似乎在他的眼里除了花，已经没有其他了。

十分钟后，霖生快走到家门口了，可惜原本完美的鲜花已经被风雨糟蹋得不成样子了。

这该怎么办？霖生有办法。他旋即走进附近文具店，买了一把剪刀、几张彩纸，竟然对照手中的花样，剪成了小片小片的花瓣，用胶水粘在花蕊上，惟妙惟肖。事实上，用同样的纸片粘花，同样的临时补救，他不知道已做了多少回。

三朵香槟玫瑰、两株绣球、四枝雏菊，包装纸上被风掀起的折痕也被裁剪成精致的纹路。霖生又笑了："完美的花送完美的人。"

霖生甩干雨伞，走进家门，脱下外套，收起皮鞋，客厅中央是妻子的遗像。

他的妻子在两年前去世了。

取下昨日买的花，插上今日做的花，点头、呼气、微笑、双手合十，霖生喃喃笑道："还记得我们第一次约会去过的花店吗？那时候，我站在一束鲜花前踟蹰很久。是你走过来，替我解围……还和我说

'即便等到它谢了，老板也不会给你降价的'……"

良久，霖生看见墙角的雨伞，喃喃着："这雨伞，怎么还给人家呢？"

（该文发表于《华西都市报》）

寻找

　　"去哪儿了？怎么说丢就丢了？"一大清早，夏爷爷就在翻箱倒柜。人人都说他记性不好，过去还不承认，现在连找的是什么东西都不知道，只是隐隐约约记得，那是一件重要的物件。

　　是书吗？不是！是存折吗？不是！是字画吗？也不是！夏爷爷一件一件抛下手中的零碎杂物。"可惜孙女上学，儿子上班。要不然，可以一起帮忙找找。"夏爷爷嘟囔着。

　　打开书桌，有一个生了锈的明黄色的铁盒子。轻轻打开盒盖，里面是一叠出、入院记录单。

　　"哦！可能是前些天住院，丢在病房里了！"夏爷爷赶紧裹上棉衣，戴上棉帽，套上围巾，急匆匆赶到医院。

　　刚到医院，又是一通瞎找。推开一间又一间病房的门，病房内的病人发出抱怨。夏爷爷不得不一次又一次道歉，但就是停不下那寻找的脚步。

　　跑遍了一楼，跑遍了二楼，也跑遍了三楼。他气喘吁吁地坐在台阶上，不禁疑惑："那件东西去哪了？有那么重要吗？"

　　一名小护士跑了过来，关切地问道："爷爷在找什么呢？"

　　"不知道！啧……只记得是一件重要的东西！嗯……应该在医院

里，但怎么就找不到呢？"

小护士寻思了一会儿，笑道："嘻嘻！爷爷你只找了前楼，我们还有一栋后楼，我带你去吧！"

小护士领着夏爷爷穿过前楼的后门，进入了一片花园。花园中种满了向日葵，黄澄澄的。金色的花海在和煦的暖风中静静摇曳。

"对！我来过这！我就住在向日葵里面的那栋房子里。我记得有谁还说过，我对花粉过敏，不该来这！"夏爷爷喃喃道。

穿过花园，步入小楼，这里的病人很少，很安静。一进大门，夏爷爷似乎记起了什么，迈开步子，一步一步冲上二楼，奔向那间靠近花园的病房。

推开房门，对流的空气吹起了鹅黄色的窗帘，午日的阳光洒进空空如也的病房内。夏爷爷掀开了床上的枕头，打开了窗前的柜子。然而，什么都没找到。

"到底去了哪儿呢？"夏爷爷脸上一阵难掩的落寞。

就在此时，房门又被推开了，一位中年男人冲了进来。

"爸！你怎么跑医院来了？快和我回家！"

"到底，我为什么来这？"夏爷爷只得怀揣满腹疑惑，在中年男人的搀扶下，依依不舍地离开。

此时，小护士躲在门后呆呆地望着两人。跟在身后的护士长走了过来，对小护士说道："你奶奶在我们医院过世快一年了，可你的爷爷每周还是会来医院找她。还是得找个时间，把爷爷带到精神科看看。"

小护士摇了摇头，默然无语，眼中闪烁着泪花。

（该文发表于《三江都市报》）

戏中人

"嘿！他在这儿！"永明的目光顺着喊声向前望去。果然，他的目标正端坐于剧场角落。他顿时松了一口气，又不由得紧张起来。

这人身材高大，着一身蓝白相间的华丽长袍，脖颈裹着一条湖蓝色围巾，一副惨白的面具上，顶着一根半米长的宝石蓝羽毛。诡异的是，他的右手正浮在空中，毫无规律地摆动，头部时不时颤抖，似乎发出"吭哧吭哧"的骨骼扭动声，宛如科幻电影里的恐怖丧尸，随时都可能跳起来咬人。

近一周，这人相继出现在各大景区和商业广场。他一直独来独往，从来没有人见过他的庐山真面目。因为即便是炎炎夏日，他那一条厚重的围巾也未曾摘下，就这么披着奇装异服，穿梭于大街小巷。怪人奇特的装束及不自然的肢体动作被网友拍下，传于网上，搭配恐怖片里的特色音效，引起了市民们的广泛讨论。

"面前没人，他摆手做什么？好吓人！"

"他是不是有病呀？大热天还戴围巾。"

"我还看到他下巴湿漉漉的，不知道什么情况！"

"最近好像经常看到他在公共场所出现，万一伤人怎么办？"

网上担忧之声哗然大起，成功引起了当地警方的极大关注。

"最近恰逢旅游旺季，永明你要高度重视，处理好这件事，消除群众恐慌。"永明还未结束婚假便被召回了警队，领受了这个任务。

"但他没有什么过激的举动，是不是小题大做了？"看着视频中的怪人，永明疑惑道。

"糊涂！群众的安危高于天！要懂得未雨绸缪，防微杜渐。"永明的犹豫立刻受到了上级的批评。

终于，在广泛走访调查后，永明接到群众举报，怪人出现在歌舞剧院。等永明赶到时，剧院看剧的人早已散去，只留下那怪人呆呆地坐在原地。

"同志，您好！请您配合我们到公安局协助调查。"永明大步靠近怪人，掏出证件，敬了一个礼，严肃的语调不怒自威。

永明的突然出现，让那人措手不及。激动的情绪使他不停地舞动四肢，面具下的嘴巴发出"呜呜呜"一般含糊不清的语调，显得更诡异骇人了。

"请您冷静一点！"永明霎时冷汗直流，警觉地后退半步，举起左手格挡，右手不自觉地放在腰间，做好随时掏出警械的准备。

"请问怎么了？"剑拔弩张之际，剧院经理出现了。他急忙跑过来，站在永明和怪人之间，现场气氛随之缓和了下来。

永明将网络流言告知剧院经理，却换来吃惊的表情。

"奇装异服？不是吧！这明明是戏服呀。"剧院经理仔仔细细地将怪人的服饰从头到尾打量了一遍，最后还是作出了肯定的答复。

"戏服？"永明一愣，不可置信。

"毕竟是国外剧种，可能您不太了解。这是威尼斯狂欢节时演员们常穿的戏服，虽然配上围巾，有一些不搭调，但风格还是一致的。恰逢我们剧院正在表演意大利歌剧，我们以为是戏剧爱好者，所以才让他进来的。"

听完永明和剧院经理的对话，怪人也叹了一口气，缓缓地摘下了面具，露出一副苍老的面孔。老人面部肌肉痉挛，眉毛和胡须撇向一边，嘴角的唾液缓缓流下落在围巾上。永明这才明白，他为什么要戴上面具、挂上围巾。

老人掏出一部手机，用颤抖的手敲开备忘录，展开早已准备好的文字材料。

原来，老人和老伴都是戏剧演员，早些年在意大利工作。几年前，老伴得了癌症，而他也患上了帕金森病。为了激起老伴的求生意志，他们约定，如果谁先走了，剩下那个就穿上对方曾经穿过的戏服去旅行，每到一座城市，便去看一场意大利歌剧，实现两个人共同的梦想。

可惜，在重病折磨下，老伴还是先他而去了。他的帕金森病也越来越严重，逐渐控制不住自己的身体，才会抖个不停，出现令人误会的一幕。而这个城市，便是老人旅行的第一站。

听完老人的故事，永明与剧场经理不禁肃然。剧场经理搀扶老人离开剧场，主动要求送老人去车站。

望着二人的背影，永明不发一语。

"您下一站准备去哪儿？"赶到车站后，距离发车还有十分钟，剧场经理跟老人搭话。

老人摇了摇头，露出茫然的表情。

"万事开头难，您还是乐观一点。"剧场经理明白老人的担忧。毕竟第一站就不顺利，下一站恐怕也会遇到麻烦。

就在此时，身后传来一阵呼喊。

"老先生，请等一等！"身着警服的永明跑了过来，气喘吁吁地拦住了二人。

"怎么了？"剧场经理惊呼，难道警方要带老人走？

"这个给您！"只见永明掏出一封信，信上写着：今查，兹有艺术家"面具老人"因艺术生活需要，着戏服旅行。特此说明！落款为某某公安分局。

"我妻子也是警察，她嘱咐我向您多学习，让我把您的情况反映给上级。"永明向老人敬了一个礼，笑道。

看着这张"通行证"，泪水湿润了老人的眼眶。

（该文发表于《金山》）

浪花与蝉鸣

哗！哗！哗！蓝牙音箱中飘来风儿与浪花的和弦，编织成轻柔的小曲儿，萦绕在小小的病房内。初夏的暖意将病房内的一切熏得红彤彤的，分外舒服。

就在此时，一个男孩正在地面上爬行，手攀脚蹬，新换的病号服被未拖干的消毒水晕染成一幅斑斓的画，说不清是消毒水的功劳，还是他用努力的汗水换来的结果。

"你在干什么？"刚进房门的护士被眼前的一幕吓坏了，不由得惊呼，试图将男孩拉上床。可倔强的男孩却拒绝护士的搀扶，要自己爬上去，却一次次地摔了下来。

"今年的蝉鸣声比往年来得早一些，声音也更大一些，我必须抓住机会！"男孩嘶声喊道。

"你要知道你是病人，必须照顾好自己。何况，明天就要手术了。"护士的眼泪都急出来了。

"哈哈，所以不能再等了，万一没有机会了，该怎么办？"男孩挣扎着爬了起来，目光坚毅。

忽然，手机传来的语音通话提醒让男孩停下了步伐。他立刻静了下来，压抑着自己的呼吸，让喘息声低下来，再低下来。手机那头，一位女孩的声音响起，特别温柔："在听我录给你的浪花声吗？"

男孩轻声回应："是呀！真是心有灵犀……"

男孩和女孩素不相识，三个月前，偶然拨错电话，男孩听到了女孩的声音，好像抓住了救命的稻草，他的航船也有了目标。男孩生活在林中的一座城市，女孩生活在滨海的另一座城市，而他们所在的地方恰好是对方的故乡。两人就这么聊了起来。从城市的趣味聊到郊外的风景，从童年的回忆聊到未来的梦想。乡愁，瞬间连接了起来。每天的交流也成了两人的必修课。

有一天，男孩向女孩感叹："我好久没回去了，不知道什么时候能再听到浪花的声音。"

"想听，我录给你听呀！"

"好呀！"男孩半开玩笑地答道。毕竟，两人才认识不久，虽说女孩的住所濒临海边，可距离海滩还有一段距离，想录音可不是那么容易的。

"但我有一个要求，我给你录一分钟完美的浪花声，你也给我录一段完美的蝉鸣声！在我的家乡，每年夏天都有连绵不绝的蝉鸣声。"男孩不觉得奇怪，和浪花声一样，蝉鸣也是一种乡愁。

"好的，我答应你，一定给你听最完美的蝉鸣声。"

想不到，仅仅几天之后，男孩便收到了女孩的录音。这一分钟的录音里，有水波簇拥徘徊，有微风起舞翩翩，有海鸥轻盈歌唱，有小蟹沙滩急行，甚至还能感受阳光倾泻在礁石上时的潮起潮落，的确是最完美的浪花声。

"这一分钟里面，包含了我对浪花的一切想象。"

"我给了你想要的一分钟，那你什么时候给我，我想要的一分钟呢？"女孩娇声问道。

"哈哈，再给我一点时间。"

"哼！又说给你时间，都不知道多久了。"

男孩沉默不语，他始终没告诉女孩，他病了，他的身边都是病友的呻吟、家属的呼喊，以及心电监测设备的滴答声，录下的蝉鸣声总是不太完美。

"你都不肯为我录蝉鸣声，那你还会回来吗？我还能去找你吗？"

女孩的质问如同一根尖刺插入男孩的心头。他俩曾约定，一定要见一面。

终于在这一天，病房里只剩下男孩一个人了。他攀上窗沿，将手机伸出屋外，迎着阳光按下录音键……

男孩明显地感受到，在他手心里，有蝉鸣声声，有鸟语花香，有落叶飞舞，有树枝摇摆，还有从指尖里消散的温暖。

女孩满意地笑了。

"抱歉，让你久等了！"

"不久……"

"相信我们很快就能见面了。"

"是呀，我也相信。"女孩坚定地说道。

男孩不知道的是，女孩是一位盲人。为了这一分钟，女孩离开久居的房间，搭乘巴士，乘坐地铁，摸索步行，独自一人穿越偌大的城市，用无光的视野在海滩中静坐许久，才录下专属于男孩的浪花声。

（该文发表于《三江都市报》）

一杯咖啡的温度

　　"怎么那么不小心？两杯奶茶都洒了！"眼前人拎着湿答答的袋子，皱眉抱怨。

　　"对不起！对不起！跑上楼的时候不小心摔了一跤。"虽然小辜不停地鞠躬道歉，可眼前人并没有在意。一阵摔门声后，又是一片焦躁的安静。

　　今天可能是小辜的灾难日。上午遇到一个差评，下午遇到一个差评，现在到了晚上，又来了一个差评。然而，最让小辜难耐的不是三个差评，而是溢出的奶茶已浸透了手心，与汗水、雪水混杂在一起，黏糊糊、滑溜溜的。他不得不摘下手套，赤手骑车。

　　寒冬腊月，漫天飞雪，小辜迎来了第一百个外卖日。发紫的双手被夺去了最后一丝温度，正逐渐失去意识，小辜只靠着本能紧紧地握住车把手，心中想："好冷呀！这样的日子什么时候能到头呀？"

　　就在恍惚间，今夜最后一单目的地到了。

　　"您好，您的外卖订单到了！"小辜将最后一丝底气放出来，假装愉快地喊道。

　　"好的，请送到二楼，谢谢。"

十点四十分，时间刚刚好！小辜从保温箱中抽出这单外卖。这是2杯热咖啡，杯套挡不住咖啡的温度，腾腾的热气从盖嘴中释放而出。原本打算送上楼，可一步、两步、三步之后，小辜迟疑了。

他太需要温暖了！手里的咖啡就是当下唯一的热源。

"算了，今天已经有三个差评了，不怕多一个！"小辜原本想打开盖子，但在伸手的那一刻，还是止住了。

"它的主人还在等它呢！"

抽出咖啡杯，坐在台阶上，一手一杯，小辜将它们捂在怀里，静静地感受着来自咖啡的热度。不到两分钟，他的手由紫转红，由红变白。

"够暖和了吧！"一阵清脆的咳嗽声从背后传来。

惊诧间，小辜连忙起身，其中一杯咖啡竟不小心摔在地上。

一回头，眼前是一位清秀的女孩子，披着羽绒服，愣愣地注视着小辜。咖啡的主人来了，小辜愧疚地低下了头，脸也红了。

"看您没上楼，所以下来看看。"女孩尴尬地笑道。

"抱歉！天有点冷，手麻了。"小辜将仅剩的一杯咖啡递给女孩，大脑飞速地运转，想给自己找一个合理的理由。

"天冷，可以理解。"女孩接过咖啡，准备离开。

"请您千万别给我差评，我赔您咖啡钱，好不？"小辜央求道，两手在身上的口袋里摸索着，试图翻出零钱。

"没事，一杯够了！"女孩也慌了，连忙转身跑上楼。

"唉！怎么又搞砸了呢？"小辜叹了一口气，抬头望了望挂在车头还未干透的手套，搓了搓手，跨上车，准备离开。

"嘿！小哥请等等。"忽然，传来女孩的声音。

"请问，还需要我做什么？"小辜做好帮她跑腿买咖啡的准备。

想不到女孩将那杯咖啡递给小辜，微微一笑："其实，我是看时间太晚了，喝咖啡睡不着，所以想和您说，送给您！"

"不！不！不！我不能接受，这违反规定。"小辜明白女孩的用心，但他的自尊，不允许他接受。

女孩盯着那双没有手套的手，沉默无语，继而道："那就请您多捧几分钟，用它再暖一暖吧。"

听到女孩的话，小辜的眼睛红了。昏暗的楼道内，悠然的月光穿过湛蓝的玻璃窗，映照在两人的眉角，散发出淡淡的温暖。小辜没有答话，自觉地捧起那杯慢慢冷却的咖啡。两人就这样，在楼梯的一上一下，静静地站着。

（该文发表于《三江都市报》）

共享空间

"老杨,你赶紧去看看!我下楼买菜的时候,发现林老头正搬着一盆花,往天台走。"刚出门没走出 200 米,老伴便气喘吁吁地撵了上来,向老杨通报了最新战讯。

"嘿!这林老头还真不消停,还没到六点呢,就杠上了?咱也不能怕他。快,把那两盆刚出苗的西瓜搬上去!"

老杨拉着老伴,火急火燎地往天台赶。可惜,终究还是晚来一步。两个人正张大了嘴巴喘息着,就瞧见老林得意扬扬的表情,板着脸:"杨老头,你来晚了!你独家霸占的西北角,被我的向日葵占领了!哈哈哈……"

老杨轻轻放下瓜苗,指着老林鼻子,开口大骂:"你这厮不讲武德!哪有天没亮就晒花的?"

可老林却满不在乎,拍了拍沾满泥土的双手,笑道:"这叫兵贵神速,抢占有利地形!"

眼见无力回天,老杨只能带着老伴悻悻而去。"哼!你等着,咱们明天再战!"输了点阵,可老杨头并不服输,临走还是扔下了"挑战书"。

　　小区里的街坊都知道，老杨和老林同在前年退休，分别住在同一栋楼两侧楼梯口的顶层，而楼梯尽头则是一个两百平方米的大天台。二人退休后闲来无事，便开始利用天台养花种菜。起初一个在东，一个在西，相安无事，可随着各自园子面积的不断扩大，矛盾也就来了。为了抢夺为数不多的空间、插座和水龙头，二人甚至一度大打出手。

　　后来，幸亏有网格员及时调解，二人关系才得以稍微缓和一些。

　　当然，二人终究谁也不服谁。在网格员的建议下，他们约法三章：

　　一、花不服盆，不上天台；花败凋谢，必下天台。

　　二、瓜不出苗，不上天台；瓜熟落地，必下天台。

　　三、菜不长叶，不上天台；菜心生籽，必下天台。

　　于是乎，二人随即从武斗转为文斗，从明争转为暗战。

　　为了保住自家的花园和菜园，二人都在天台装上摄像头，每天24小时不间断监控。只要一方的花草不合规矩了，另一方就帮着把盆搬下天台，换上自己的花果。时不时，还挪动已占据的位置，用带刺的火龙果给己方的园子设障，用茂盛的喇叭花给对方的园子遮光，确保守住最佳位置。且为了及时替换长大的瓜果蔬菜，他们甚至在自己屋子里育种、催芽、施肥，俨然打造了一整套后勤保障流水线。

　　在二人的博弈间，这个天台就像围棋手谈一般，你围一块，我吃一子，你连一片，我打一劫，有来有往，互不相让。

　　这一天，老杨刚从儿子那把孙女接回家，便听到监视器里急促的报警声——有人进了自己的花园。

老杨赶紧冲上天台，发现一个陌生的小男孩摘下了自己苦心栽培的火龙果，正大快朵颐。老杨刚准备发火驱赶，想不到孙女竟也跟了上来。

"爷爷，这些都是你种的吗？好漂亮呀！"看到满天台的花草、瓜果和蔬菜，孙女小小杨高兴坏了。

"是呀！都是爷爷种的，好玩吧？"听见孙女称赞，老杨心里乐开了花，一股自豪感油然而生。

"那我能吃不？"小小杨问道。

"随便摘！随便吃！"喜上心头，老杨放出豪言。

"那我吃什么好呢？"

就在小小杨犹豫间，陌生男孩顺手摘下几颗草莓递给小小杨。

"给！这个好吃！"

"谢谢！"小小杨接过草莓，擦了擦便塞进嘴里，还赞道："嗯，真甜！爷爷种的就是好吃。"

盯着小小杨手里的草莓，老杨心里五味杂陈，有点愧疚。因为这草莓不是他种的，而是林老头种的。

就在这时，老林赶了上来，一把抱住陌生男孩，埋怨道："你小子怎么跑这儿来了！害爷爷找了那么久。"原来，陌生男孩是老林的孙子小小林。

这时才发现老杨在身旁的老林低头看了看小小林手里的火龙果，抬头看了看小小杨嘴里的草莓，瞬间明白了一切，与老杨尴尬一笑。

小小林挣脱老林的怀抱，说："我没事瞎逛。正巧看见您在天台搭的果园，所以摘点鲜果子吃。"

小小杨疑惑地问老杨："爷爷，您不是说，这园子的花果都是您种的吗?"

顿时，老杨愣在原地，不知如何作答。

于是，老林主动插话："小朋友，这园子是我和你爷爷一起搭的!"

老杨急忙接话："是的，一起种的!"并向老林投去感激的目光。

小小林绕过老林，牵着小小杨的手跑，边走边喊："爷爷，我们就在园子里玩，你们就别担心我们了。"

望着孙女和孙子玩闹的背影，老杨和老林一脸尴尬。

"我说老林，争了那么久，我们好像一直没给这园子取一个名字。"

"是哟! 是该取个名字了，您觉得叫什么好呢?"

"我看，就叫杨林果园吧!"

"不，照我看，还不如叫共享空间。"

"好! 好! 好! 共享，好! 空间，妙!"

（该文发表于《躬耕》）

芋圆

滋！一声清晰的电流响，一股黑烟从破壁机的背面升起。

喷！一声苦恼的弹舌音，明杉快速地拔下插头，紧皱的眉头写满了懊恼。

这是明杉第四次失败了。

麻利地倒掉失败的成品，明杉回头环顾了一下桌上的食材。好几百块钱的食材，如今被用得只剩下一碗紫芋泥、一碗番薯泥、一碗南瓜泥和一碗纯牛奶。将这些食材精打细算，勉强还可以做成一份。于是最后一次，明杉不敢有半分的懈怠，他拿着手机目不转睛地看着教程，小心翼翼地在电子秤上称好每一种食材的重量，揉泥成团，搓团成条，切条成块，终于，一碗亲手制作的芋圆出炉。

明杉拍了拍手上的粉，激动地掏出手机，翻看钱包，钱包上的余额刚好是两张机票和一趟网约车的费用，来回的票，明杉买得毫不犹豫。明杉想，一切都刚刚好，或许是冥冥之中上天在为这次旅行贴上"不成功便成仁"的标签。

璐璐喜不喜欢呢？明杉没有多想，要知道他追求璐璐已经快两年了，他只知道自己的心意是多么有分量。

两个月前，因为工作调动，他不得不离开璐璐所在的城市。离开了喜欢的人，他的心总是空落落的，只能借着手机，隔着屏幕关注着她的一举一动。这不，近期偶然的微信聊天中，璐璐有意无意间提起"啊，好久没吃芋圆了"，明杉便抓住了机会，毫不犹豫地下定决心，计划自己亲手做一碗甜品，搭"飞的"跨越大半个中国去送给璐璐，给她一个浪漫的惊喜。

这样突如其来的惊喜，总是只能在小说里头看到。

然而，只有等到自己亲身体验后，明杉才发觉为爱付出的艰苦。为了能在璐璐起床时送给她，明杉不得不在凌晨两点便起床。不怎么下厨的明杉，做了十足的功课，他先用一个小时将冷藏的食材蒸透，搓成细条，切成小段，倒入沸水煮熟，置入冷鲜奶封包。而后，再搭乘预约的出租车，经一小时高速、一小时安检、两小时的飞行才来到目的地，历经一整夜加上半天的疲惫，明杉没有选择休息，而是马不停蹄地飞奔到了璐璐住处楼下。

"早安呀！璐璐！我是明杉，你起床了没呀？我现在在你楼下哦，你有时间下楼一趟吗？"提起电话，明杉温柔地讲着，但那股期待见到璐璐的兴奋却怎么也压不下去。

"啊？你怎么忽然来了？我……我还没有起床呢！"璐璐的语气带了一点惺忪懒态，可更多的却是惊诧与不解。

"呀，你不是说过你想吃芋圆吗？我给你送我做的芋圆来了……"明杉说道，满怀期待地想听到璐璐欢喜的声音。

"嗯……好的，那你稍等一下。"璐璐平淡地说道。

三十分钟之后，二人在楼下的咖啡厅见面了。

明杉远远地瞧见璐璐慢慢地走来，她穿着一件天空蓝的毛衣，搭配着一条象牙白的长裙，加上脸上那双宝石般剔透的眼睛，美得不可方物。

"来，给你，尝一尝？"一见面，明杉便迫不及待地将怀里的保温瓶递给璐璐。

"啊……好的……你……"璐璐刚想说话，电话声却响了。

璐璐毫不犹豫地起身，不知所措地掏出电话躲在一旁，聊了将近五分钟。

"不好意思，我男朋友找我。"接完电话，璐璐便说出了一句让明杉难以接受的话。

"哦……你有男朋友了？什么时候的事情？"明杉试图压抑住自己的难过，可语气里的失落怎么也掩饰不了。

"就在你走后，我独自旅行的那段时间，昨晚他也陪着我。"璐璐的语气有一股明显的歉意，可话语尽显明白。

"没事，那我走了。"明杉放下保温瓶后落荒而逃。

在回去的路上，明杉一路紧攥着自己的衣角，阴沉着脸，一言不发。

很多年过去了，二人再度相见，各自都有了家室。他们坐在最后分别的咖啡厅内，相谈甚欢。

"其实，我骗了你。"璐璐忽然抬起眼睛，看着明杉说。

"哦？骗了我什么？"明杉舒了舒眉头，带着疑惑回问。

"我并没有跟他走到那一步，见你最后一次的时候，也是我让他打电话给我脱身。见完你之后我也不是跟他一起去玩，而是约了小姐妹一起去看樱花，跟她们分享了你做的甜品。"说完，璐璐将那一天的朋友圈截图发给了明杉。

天空蓝的毛衣、象牙白的长裙、绿荫覆盖的草地还有漫天的樱花，那时候的璐璐还是很美。

"那为什么……"明杉刚想提问，但还是将疑惑咽了下去。

"是我的原因，你来得太突然了，我有些手足无措……"璐璐还是作出了回答。

明杉看着眼前的璐璐，真诚的模样还是直击他的心底，但彼此之间，还有摸不着却无法忽略的岁月洗礼后的疏离。

那天，喝完咖啡，在回家的路上，明杉又买了一款破壁机，一碗芋泥、一个番薯、一瓶牛奶，一样的机器，一样的材料。

回到家，他便慢慢悠悠地开始忙碌了起来。

"爸爸在做什么？"女儿带着稚气问明杉。

"在做芋圆，很多年没有做了。"明杉回答。

明杉诧异，多年后重新拾起的功夫，竟然还是这么熟练。

做完后，明杉给自己盛上了一碗，芋圆依旧是甜丝丝的味道，依旧能在多年之后俘获自己的味蕾。但明杉这次做芋圆的过程，却全然失去了当时的感觉。

手机里播放着电台的情感节目，忽然，一句诗传入了明杉的耳朵："从今南北多歧路，回头怎望故人驻。岁月不恼人不绕，君向潇湘我自秦。"

此后，明杉再也没有做过芋圆，像不匹配的归舟，始终在不属于它的渡口徘徊。

（该文发表于《三江都市报》）

沉迷

月光随秋风荡漾，透过轻纱，如鹅毛般倾洒在飘窗上。楼宇间的枫叶拍打着绿枝，留下阵阵回响，比收音机里的白噪声更加醉人。裹着一张毛毯，侧卧在新换的床单上，小沫心想：今晚的夜真适合做梦。

忽然，一段寒寒窣窣的朗读声破空而出，敲碎久违的宁静。

"她一手托腮，一手捻起一枚荔枝放入红唇，姿态曼妙，一颦一笑，妩媚动人——此女正是……"

小沫眉头紧皱，顿时就没了入睡的兴趣。翻下床，抄起坎肩，顾不得戴上眼镜，摸黑闯进老妈的房间。

或是感应到有人打扰，朗读声霎时中断。只见漆黑的房间中，一股蓝光正映照在一副疲惫的面孔上，分外吓人。

"妈！你怎么又不睡觉？网络小说就那么好看吗？"小沫打开灯，不停抱怨。

"这不是还早吗！也才……也才……十一点。"小沫妈赶紧把手机藏在枕头下，生怕被小沫抢走似的。

"都六十多岁的人了，你怎么比很多年轻人还'野'呀？平时看书听书忘买菜忘吃饭也就罢了，现在晚上还熬夜看！再不按时睡觉，头发真的都要掉完了。"因为常常熬夜看小说，小沫妈的头顶已经秃了一块，不得不时常涂抹姜末，刺激生发，使得整间屋子都是姜味。

"哎呀！你妈做事喜欢有始有终，小说只看一半不得劲。原以为看一部也就罢了，想不到，这部仙侠小说都写了几千章，一直没有断更，还有姐妹篇，越看越有味道。"

"您可不止看了一部两部呀！我前些天翻看您的手机付款记录，都已经买了 30 多部了。适当娱乐有益健康，过度沉迷损害健康，您就不能忍一忍吗？"亲妈的健康，小沫不能不管不顾。然而屡屡劝诫，小沫妈却始终不改。

"我都退休的人了！时间多得很，你就别管我了。"小沫妈把头蒙在被子里，仿佛不肯认错的孩子一般，语气里满是委屈。

为了让老妈脱离网络小说，小沫曾将老妈的手机断网，将软件卸载，将系统调整为青少年模式。殊不知，小沫妈却自学联网，自学软件下载，自学实名认证，且软件越下越多，流量越耗越多，书也越买越多。一番斗智斗勇后，小沫非但没有成功阻挠老妈，反而让老妈掌握不少手机使用技巧，沉迷小说的时间也更长了。

这晚，小沫不愿多说，关上门走回自己的房间。可不到两分钟，小沫妈的房间又传出听书软件的朗读声。小沫心想，这样不行！她得下决心，彻底把老妈的网瘾戒了。

隔天清晨，小沫趁老妈熬夜后熟睡未醒，偷偷溜进老妈房间，把老妈的智能手机带走，换下一部仅能打电话却不能上网的老款手机。

等小沫妈睡醒，小沫便主动坦白："老妈，我只给你留一部老款手机，目的就是希望你戒网瘾。希望你不要怪我。"

想不到，小沫妈不怒不恼，淡淡地说："谢谢女儿！我一定把网络小说戒了。"

当然，小沫并不相信老妈能轻松戒网瘾。于是乎，随后的几个晚上，她总是蹲在老妈房门口，等听到老妈上床、熄灯、打呼噜的声音后，才回自己的房间。如此守夜，整整持续了一周。

小沫还以为，老妈总算戒网瘾了。可没过多久，一次提前下班回家，竟看到老妈又偷偷用姜末敷头。

"妈！你是不是又熬夜了？"

"没有呀！"小沫妈矢口否认，可慌张的神情出卖了她。

"嘿！你肯定背着我偷偷去买智能手机了！把新手机交出来！把银行卡交出来！……我每天上班都那么累了，您就不能让我省点心吗？"小沫过去从未想过自己会这样质问老妈，眼中泛起了泪花。

小沫妈见女儿落泪，叹了一口气："你爸过世之前，也喜欢看小说。年轻的时候，他时常和我说，要带我爬一爬高山，逛一逛古城，感受那种游历江湖的侠客生活。可惜，人就这么走了。这几年，你忙着工作赚钱。所以，我只能寄情小说，在梦里游历江湖了。"

听到这，一股愧疚感涌了出来，小沫问道："那您为什么不把您的想法告诉我？"

小沫妈抱住小沫，笑道："想当初，你读高中的时候，也是成天沉迷小说，近视眼就是这么出来的。那时候我不理解，反而每天批评你。为了阻止你看小说，我们也是三天两头查你睡觉情况，断你的零花钱。现在轮到你管我了，说实话蛮开心的。前几天晚上，察觉你在

门口守着我，其实我还希望你走进我房间，多陪一陪我，多关注我呢。"

　　倚靠在老妈怀中，小沫失声痛哭。月色洒在纱窗上，留下斑驳倒影，不再清冷，更显温柔。

咫尺情书

"老伴，我今天好多了，希望你也一样……"

啪的一声，纸团被扔进角落。

"算了，怎么还是老套路？"

"我住长江头，君住长江尾……"

"啪"，又一坨纸团飞了出去。"不行！这句诗写过了，还是没有新意。"

写情书，是杨老太最纠结的事情，一如读书时候写作文。以前总是老伴给她写，她回复。这段时间因为两人一同住院一同隔离，只不过病情一轻一重，病房不在一起。老伴不能提笔，只好她主动写信。只是，未曾想到一封情书那么难写，没到三天，杨老太便黔驴技穷了。

"过去真是难为他了。"杨老太的嘴角泛起一丝若有若无的微笑。

张护士推门进来，轻轻地将今天的药和一只新口罩放在杨老太的身后。看到杨老太又在纠结，便劝道："今天甭写了吧？好好养身体，保持体力。"

"不行！不行！老伴在等我的信呢！没有我的信，他会没有精神的。"杨老太摘下口罩，用笔帽将散乱的发丝挑到耳后，嘟囔着。张护士知道劝不动执拗的老太，叹了口气，悄悄地离去。

窗外的风声由低到高，病房内的白炽灯与桌前的小台灯一明一暗，而杨老太脚下的废纸片也越来越多。

杨老太眼见写完了最后一张信纸，还是不满意。心想："完了！……该死的疫情！快递都来不了！现在没纸了，怎么办？"

"杨老师！杨老师！信还没写完吗？快到探视时间咯！"病房外传来张护士的催促声。

"稍等！稍等！……该怎么办呢？"手足无措的杨老太只能无助地呼喊。

"唉！就用这个吧！"只见她撕开口罩包装，提起签字笔在口罩的内侧反复搓弄。细小的汗珠从银白的发丝间落下，杨老太一笔一画地写，勉勉强强地留下了两行字。

张护士拿着这个特殊的口罩，走到病床前。床上的老人似乎感受到了什么，精神一振，缓缓睁开眼睛，双手吃力地接过口罩，迷离的眼神紧紧盯住上面的字迹。呼吸罩中，温热的白雾时浓时淡，老人在尽力念叨着什么。

"君住病房东，我住病房西。日日思君不见君，共同战疫情。待到云开雾散时，牵手共春游。老伴，记住，我在等你！"

老人一字一句读完后，将口罩珍而重之地叠好，攥在手心里，一行眼泪从眼角落下，便沉沉地睡去。病床对面的白墙上，粘满或新或旧的信笺，如春天里飞舞的蝶儿。

佛教有云："一花一叶一如来。一佛一刹一报土。"想必两人的

世界便点缀在这情书的一笔一画间。一人入墨，一人入梦，孕育无数生的渴望。试问，在这浓浓情意间，又有什么是打败不了的呢？

解毒

"你有毒!"这是小伦吵架、抱怨、发脾气的时候,惯用的口头禅。而这次,她攻击的对象则是她的丈夫奇俊,争论的焦点是"何时搬家"。

"新房都装修好三个月了,电器和家具安置妥当,边边角角都刷了一遍,整间屋子干干净净、整整齐齐。上周还把乔迁新居宴的请柬发了出去,就等亲戚朋友上门了。你怎么就不愿意搬家呢?"奇俊不禁埋怨。

"说你有毒!你还偏不信。打扫干净就是真的干净吗?你没听说过甲醛挥发吗?不知道吸甲醛能致癌吗?"小伦反驳道。

"为了散甲醛,无论烈日严寒,还是刮风下雨,你都打开门窗,摆上满屋子的绿植,甚至请了专业的师傅来除醛。所有的衣柜、沙发、床架都是你亲手操办的,用最贵的据说是最环保的板材和涂料,还不够安全吗?"

奇俊话还没说完,小伦就掏出了手机争辩:"你看看网上,又有新闻说,有一家人装修,用了国产家具,没到半年就搬进了新居,结果全家得病。"

丈夫白了小伦一眼:"我还纳闷,你怎么忽然又变心了,原来还是不信任国货呗……成天搜索这些东西,手机推荐算法都把你摸透了。"

"甲醛无色无味,我们中毒也就罢了,万一三岁的女儿中毒了,怎么办?你负得起责任吗?"小伦喊道。

一提到女儿,奇俊就泄了气,扭头走出家门。这年头,谁不是为了孩子呢?

此后,为了除甲醛,小伦仿佛魔怔了一般,在网上到处搜索各类妙招偏方,采购各种空气净化器。可无论怎么折腾,她还是不放心。在她的心里,不是笃定国产的设备质量一般,就是抱怨进口的设备太贵,总是耿耿于怀。直到托隔壁老李从国外代购回来一款除醛喷雾,小伦这才笑逐颜开。

"听老李说,这喷雾可神奇啦!只要喷一点点,就能清除板材内部深层的甲醛,绿色环保又省钱省事。"戴上 N95 口罩,裹上一身防护服,手持喷壶的小伦,眼中冒出了光,俨然成了一名即将奔赴前线的防化兵。

"你都看不懂包装上的外国字,就那么相信呀?"奇俊冷哼道。

"反正外国的环保要求比国内高,他们的东西肯定好!唉!国内的家具质量什么时候能比得上国外呢?"没和奇俊啰唆,小伦便开始了"除醛大战"。

看着这一幕,奇俊沉默不语,还有一点想笑。

原以为用了除醛喷雾,便可以万事大吉。想不到几天后,奇俊带回来一张诊断单,一副病恹恹的样子把小伦吓坏了。

"我说前几天去新房,总感觉眼睛不舒服。今天去了一趟医院,医生诊断我眼部和上呼吸道黏膜感染，怀疑是接触了什么有毒气体。"

听到"有毒气体"，小伦瞬间就炸了，嚷嚷道："我就说家具质量不好，涂料有毒！我要去投诉装修公司！"旋即冲出了家门，嚷嚷着要收集证据，找有关部门举报。

然而，请来的专业检测公司从上到下对所有的家具和涂料都检查了一遍，竟发现各项指标都远低于国内外的标准，有关部门随之驳回了小伦的投诉。

"这是怎么回事？"小伦疑惑不解。

"我感觉，可能不是家具和涂料的问题。"奇俊猜测道。

"你有毒！不是家具涂料的问题，还能有什么问题？"

就在这时，隔壁老李跑了过来，见到小伦夫妻二人，便不顾气喘吁吁，赶忙说道："刚刚得到的消息，上次你托我在国外代购的喷雾，被人告了！据说是含有有毒物质。"

"啊？国外的东西还有假的呀？"小伦的表情显得难以置信。

"那可不？代购的朋友还把赔偿款带来了呢！"说着，老李便掏出了一沓绿票子递给小伦。

"原来是这样！真是有毒！国外的东西也不能轻信呀。"小伦拈着丈夫的诊断单，愤恨不已。

三天后，小伦一家终于搬进了新屋子。乔迁宴上，人来人往，十分热闹。隔壁老李趁小伦忙碌，偷偷靠近奇俊，用只能两个人听得到的音量，轻声说道："你的排毒计划成功了？不枉我俩精心制作的假喷雾和假诊断单。"

奇俊与老李相视一笑。

代厨

"昨天给我差评，今天又找我上门，这是啥情况？"望着手中的订单，州森眉头紧皱，不明所以。

州森是代厨师傅。三年来，他走家串户代客做菜，完成订单数百个，几乎个个都是好评。可到刘姨这，却得了个差评。理由居然是州森做的辣子鸡不地道。可要知道，川菜讲究"一菜一格，百菜百味"，辣子鸡哪有统一的味道？

"刘姨，您找我？"州森第二次敲开刘姨家的门，面对给自己差评的客人，他有些不服气，又没法说出来。

"是呀！你肯定在怪我不给你好评，是不是？"刘姨笑了笑，好像看穿了州森的心事。

"没有！没有！"州森矢口否认。

"其实，我给许多上门做饭的师傅都打了一分差评，只有你，我给了三分差评，因为你做的辣子鸡，最接近我想要的味道。"

"所以，您这次找我过来，还是让我给您做一份辣子鸡？"州森瞪大了眼睛。

"哈哈，也不全是！这次叫你过来，是教你做辣子鸡。"

"教我？辣子鸡？"这突如其来的情况，让州森始料不及。刘姨独居在繁华的闹市区，整洁的小院内布满了花花草草，家居摆设古色古香，餐碟盘碗也高端大气。看得出，刘姨家境殷实，且对生活极其用心，这样的老人，饮食标准可不低。可即便如此，对厨艺一向自信的州森也不情愿接受客人的指点。

州森迟疑间，刘姨又道："这样吧，我给你三个月的聘用金。请你每隔两天来我这里，给我做饭，陪我吃饭。只要做出我想要的味道，聘用金就全部归你，可以吗？"

"那好吧。"看在钱的分上，州森勉为其难答应。

原以为这是一笔稳赚不赔的买卖，可想不到刘姨的要求高得离谱，大大超出他的意料。刘姨先是吩咐州森，从家中的库房里翻出来一口周身通红、沾满黑渍的老锅，并让州森乘车到郊外找来农家鸡和土制的八角、桂皮、干椒等配料。然而，经过多次试验，州森始终做不出刘姨想要的味道。原来，刘姨只记得味道，却记不清她想要的辣子鸡究竟是怎么做的，连加了哪些佐料也搞不清楚。于是州森只能往返于郊外和城区寻找食材，反复使用不同的烹饪方式做菜。慢慢地，州森也开始心生退意。

"刘姨，您看我反复试了那么多遍，都没有成功，我们就不做了吧？"

"不行！你答应过我要学会这道菜的。"

"可反复试验，总是不成功呀！要不，我们换一口好锅，在城里买一些更好的食材？"

"不行！就得用乡下的，就得用这口锅！"

"哎！没有您这样的，我把钱都退给您，我不干了，行不？"

"唉！"刘姨叹了一口气，缓缓地解释道，"其实，这道菜不是给我做的，而是给我儿子做的。他小时候，最喜欢吃我用那口锅给他做的辣子鸡。可惜，我儿子和儿媳妇这几年都在国外做生意，不常回家，平时也没有联系。我这段时间，似乎是得了什么病，记性和身体越来越差，我怕我走了以后，没人给他做菜……"说着说着，一滴泪水划过刘姨苍老的脸庞。

"原来如此。"听到这，州森才意识到，这段时间刘姨的记性的确越来越不好，有时候还认不出州森，叫不出菜名。州森的母亲也是一位厨师，因得了阿尔茨海默病，一次走在大街上，在意识恍惚间遭遇车祸，不幸去世。听完刘姨的故事，州森下决心，一定要学会刘姨的独门辣子鸡。

州森开始想尽一切办法。他记下每一回试菜的调料比例，不远千里走访刘姨的老家，寻找最原汁原味的食材。终于，在不计其数的试验下，州森终于调配出了让刘姨满意的味道。

嚼一口鸡，刘姨喃喃道："终于好了，终于好了。"

此后，刘姨的身体每况愈下，再后来一段时间，一直没有请州森上门。

过了很久，州森再也没有接到刘姨的订单。他鼓起勇气，提上刘姨赠与的陶锅，敲开了那一扇熟悉的门。没料到，开门接待他的却是一位年轻女子。

"您说的刘姨是我婆婆，前些天去世了。临行前，她特别交代想吃您做的辣子鸡，可惜我找不到您的联系方式。"

"没关系,刘姨说,希望让我做一回她的独门辣子鸡给她儿子尝一尝。"虽然早有预感,可面对刘姨的离世,州森心里还是不免一阵酸楚。

听到州森的话,年轻女子先是一愣,随即眼眶中涌出了一抹泪花:"其实,我先生两年前就在国外因为一场意外先走了,婆婆因为接受不了白发人送黑发人的悲痛,不分昼夜一遍又一遍地做菜,一次又一次欺骗她自己,坚信我先生在外面出差,要等他回来,结果自己的身体也因此垮了。"

"原来是这样呀。"一想到无法完成刘姨的遗愿,州森不免悲从中来,"你看,我都把锅和食材带来了,那我就做给你吃吧。"

一阵忙碌后,嚼着一口半酥半嫩的辣子鸡,年轻女子终于忍不住,哭了出来。对着州森,她恳求道:"我婆婆教会您做这道菜,您也教我做吧!我一定学会做这道菜,做给我的儿子吃,让他也记得奶奶的味道、爸爸的味道、家乡的味道……"

(该文发表于《故事会》)

等候

"我去！这是谁呀？"为了避让眼前人，云帆猛打方向盘，一阵刺溜声后，险些撞上绿化带。

一位白发老人拄着拐杖立在车旁，无惊无惧，隔着挡风玻璃，正直瞪瞪地望着云帆，空洞的眼神仿佛要摄人魂魄似的。

"车都快撞上了！他不怕吗？"云帆寒毛直竖，一阵愕然。

这天应酬完，云帆回家晚了，想不到在小区门口竟然遇到如此惊险一幕。若不是前车灯下还能看到老人的影子，他真觉得自己遇到鬼了。

不见老人反应过来，云帆随即把车开进小区。后视镜中的老人，依旧愣愣地站在路旁，云帆心中久久不能平静。

"站在小区门口的那个老人是谁呀？怪吓人的。"刚进家门，云帆就忍不住向妻子抱怨。

"平时你回来得早，没碰到。其实那个老人每天晚上都守在小区门口，瞪着每一辆路过的车看。不哭不闹也不说话，就那么干瞪着。"

"他这是为啥呢？"

"不知道，好像在我们搬过来之前就这样了，邻居们都见怪不怪了。"

三个月前，云帆一家搬进了这个小区。房产中介吹嘘这里风景秀丽、人流稀少、邻里和睦，十分安全。然而，今晚的遭遇着实让云帆有一些担心。毕竟，他的老婆小孩住在这，万一这古怪的老头伤人怎么办？云帆暗下决心，还是得查清楚为好。

隔天晚上，云帆特意晚点下班，果不其然，又遇到了那位老人。

云帆悄悄地把车停在路边，缓缓靠近，故作熟络地问道："老先生，在干啥呢？这么晚不回家。"

即便意识到有人在搭话，老人的目光也始终没有离开马路的方向。他嘴唇微微颤动，用略显呆滞的语气说道："不……不回家，在等……等车呢！"

"有人要接你吗？您不是住在这小区里吗？"

"她……她要回来，我在等她。"

"她？她是谁呢？"

"不知道！"

"不知道？"云帆越听越迷糊。

就在这时，不远处有一辆白色小轿车打着双闪灯缓缓驶来。随着小白车的轮廓逐渐清晰，老人的情绪愈发激动，如了魔一般，不停地搓手跺脚，嘴里也不知道在说着什么，发出阵阵嘶吼。

车停在老人面前，走下一男一女两个年轻人。男人靠近老人，声音轻柔，唤道："回来啦！回来啦！爸别等了。"

老人傻傻地看了一眼男人，又回头望了一会儿小白车，喃喃自语："回来了？回来了！那我们回家吧。"随后，老人便在男人的搀扶下，缓缓走进了小区。

眼前的一幕让云帆有一些不知所措。一旁的女人看出了云帆的疑惑，主动向云帆道歉："不好意思，我公公的状态吓到您了。"

"没事！上了年纪，精神状态不好，可以理解，可是为什么……"云帆欲言又止，生怕说错话。

女人叹了一口气，继续说："前年，我公公得了阿尔茨海默病，除了我婆婆，几乎忘了生活中所有的人和事。为了给公公治病，我婆婆被返聘到医院，经常忙到深夜才回家。于是，我们夫妻就订了一辆网约车，每天定时接送婆婆，而公公每天晚上也都按时在小区门口守着，接婆婆下车。"

"多么坚贞的爱情呀。"云帆由衷感叹，不禁为自己的恶意揣度心生愧疚。

"唉！几个月前的一个晚上，婆婆在回来的路上突逢车祸，昏迷不醒，那个路段车和人都少，因为没得到及时抢救，就这么走了。公公受到严重的打击，病情更重了。每天就这么守着，不肯回家。"

"真是令人……"云帆试图安慰几句，可话到嘴边，却不知道如何说出口。

"后来，我们夫妻几经努力，才租到一辆同款车。牌子一样、颜色一样、大小一样，车牌后三位也一样。我们每天同一时间佯装接婆婆的车回来，好不容易才把公公哄进家门。"语毕，女人抹干眼角的泪痕，悄然离去。

望着这一家人的背影，云帆五味杂陈。正欲转头回家，忽然发现小白车似曾相识。一瞬间，一股强烈的悔恨涌上心头。

"怎么是这样？怎么会是这样？"云帆魂不守舍地走进家门。

"怎么了？"妻子看出了云帆的不安。

"我有错呀！"

"有错？你有什么错？"妻子惊呼。

"我犯了大错呀！刚搬过来的那晚，我因为应酬，很晚回家。开车在一段偏僻的小路，目睹了一场车祸。那时候只有我在现场，我害怕报警施救会说不清楚，想着多一事不如少一事，于是开车离去。看到那辆小白车的车号，我才想起来，那事故车很可能是老人等候的那辆。如果……"

老妈的抢券游戏

铃铃铃！天还没亮，手机屏幕就先亮了起来。

"嘿！儿子没睡吧？"电话那头传来老妈兴奋的呼喊。

"肯定睡了嘛。"我看了看手表，快凌晨三点了。

"帮我个忙，一起抢券买面粉。"老妈的语气带着不容置疑。

"面粉！怎么又是面粉？买那么多面粉，吃不完！"我惊呼道。这段时间，老妈总在包包子，从白菜馅、韭菜馅到猪肉馅，全家人都被包子盛宴整怕了，可老妈依旧乐此不疲。

不顾我的反对，老妈就把我拉进了微信群，群名赫然写着"面粉半价促销。"群里面，有 111 名群友彻夜守候。

其实，抢券的规则很简单。微信接龙自报名号，总共六个名额，报满为止。从前六个接龙群友中，摇骰子选出一名幸运顾客，领券下单。

"开始！"随着群主的一声呼声，大家纷纷接龙，不到 10 秒钟，参加接龙的人便已至 30 个。

原以为我眼疾手快，想不到竟排在了第七名，而老妈的微信账号则排在了第八。

"老妈，可惜了，我们没抢到！"我佯装愧疚地说。

"没事! 六个人中有五个是我们的人,够了!"原来,除了我之外,老妈还发动了四个闺密参与接龙,排在接龙首位的则是老妈抢券专用的小号。

"一袋面粉不过 80 块钱,半价也就 40 块钱。缺面粉,儿子给你买,至于吗?"我不解地问。

"你不知道,广告上说,这个面粉蛋白高,筋道足,适合做饼和包子……"

"再怎么好,也都是面粉呀。"深更半夜,我可不想听老妈唠叨。

"切!老妈的快乐你不懂!明晚记得,继续抢券。"

记得明代著名旅行家徐霞客在一篇游记中写过,俱结棚为市,环错纷纭,千骑交集,男女杂沓,交臂不辨,十三省物无不至。由古至今,中国人对"买买买"向来饱含激情,老妈也不例外。

小时候,老妈在楼下菜市场买菜时,总喜欢领着我,搬一张凳子坐在肉摊和鱼摊前,等收摊前半小时剩下的"打折货"。对她来说,便不便宜其实并不重要,重要的是"捡到便宜"带来的胜利感。

可惜,时光流逝,楼下菜市场早已搬走,换成了大超市。老妈因膝盖劳损,也少出家门。现在,网购普及,大多数商品都是"一口价"。讲价的空间更小了。幸好,如今"捡便宜"的场景从市场搬到了网上,老妈快乐的心情依旧没变。

想一想,我已经有几年没带老妈逛市场了。年过六旬,衣食无忧,老人购物无非就是图一点参加活动的乐趣。我就当与老妈玩了一场抢券游戏吧。

（该文发表于《三江都市报》）

礼物

　　阿伦是一个爱送礼物的男人，思晴是一个不爱收礼物的女人，好巧不巧，这两人竟然是一对夫妻。

　　据说，自两人大学开始恋爱起，阿伦的礼物就没有中断过。从热卖的口红到冷门的香水，从高档的眼霜到流行的精华液，可谓是无所不有。留下的礼盒包装，都能摆满一整间屋子。

　　当然，对于送啥礼物，阿伦也颇有心得。他对思晴的身高、身材、肤质、体质等都了如指掌。买啥衣服得体，用啥香水合适，可谓"信手拈来"。

　　阿伦常说："生活要有仪式感！"这次是恋爱满月，下次是结婚周年，还有情人节、圣诞节、七夕节、母亲节、光棍节等各种值得纪念的日子和节日，阿伦总是要变着法地给思晴送礼物。一个月的工资里，一半给思晴买礼物，另一半交思晴保管。所以，思晴从不会因为花钱的事情和阿伦闹矛盾。

　　别人问阿伦："男人没有自己的钱怎么过？"

　　阿伦总是骄傲地回答："靠老婆过！"

　　可问题是，思晴自诩低调，而阿伦又习惯高调。他常把礼物送到

思晴的单位，惹得思晴的同事们屡屡高呼："又吃'狗粮'啦。"常惹得思晴面红耳赤。

思晴每每抗议，阿伦往往一笑置之，按他的逻辑，这是向全世界表明他爱老婆。而且，在阿伦的一贯认知中，世上就没有不喜欢礼物的女孩。

"今年生日，别给我送礼物了。你已经给我买了手包、挎包、口红、唇膏、香薰、蜡烛……"眼看生日临近，思晴比阿伦还着急。为了防止阿伦送礼，思晴一一列述阿伦送的多件礼物，末了加一句："我啥都不缺，买了浪费！"

"我已经送了这么多礼物了吗？"阿伦显然没把思晴的话放在心上，嘀咕道："那还有什么没送过？送巧克力吧！这是没送过的礼物。"

要知道，巧克力可是被喻为热量炸弹，在对身材有着严格管理要求的思晴眼中，无异于"禁果"。所以过去，阿伦一直没敢送。可如今，思晴"禁令"已下，为了满足送礼的欲望，阿伦也管不了那么多了。

于是，阿伦在网上翻遍各类种草博文，思考了两周，挑选了三天，最终买了卖得最好、最贵的一款黑巧克力，听说这个不仅吃了不发胖，还有助于减肥。

收货后，阿伦掐准时间，趁午休把巧克力送到思晴的单位，确保能让思晴的同事们看到。一进门，阿伦就把礼盒递给思晴。没等老婆反应，又迅速离开。

这会儿，阿伦又被自己的机智感动到了！临走时，还不忘打开手

机，与网店客服"夸耀"一番。

"亲，很少有人买100%的黑巧克力了，您这么有恒心，一定会减肥成功的。"

"嘿嘿，我是送给我老婆的，女孩子嘛，哪有不爱吃甜食的。"

客服却回了一个冒汗的表情，阿伦有点不解。

"叮咚！"是手机的提示音，思晴发消息过来了。

"谢谢老公，这巧克力很甜，很丝滑呢！"

同时配上了思晴的一张自拍，画面里，思晴一脸陶醉。

阿伦便忙着给思晴回消息，没去管那客服了。

这天早上，思晴出门到外地出差，留阿伦一个人带女儿。

两岁的女儿不知道从哪翻出来那盒黑巧克力，拿出一块，喂到了阿伦嘴里。

入嘴便是一阵恶苦，阿伦发誓，他这辈子吃过的中药都没有这个味儿苦，他明白了客服回复冒汗表情的原因了。

"甜吗？"女儿痴痴地问。

"真甜！"看到女儿充满期待的眼神，阿伦顿时明白了思晴"说谎"的用意，傻傻地笑了起来。

把女儿支开后，阿伦随即掏出手机，翻开思晴发来的自拍照，朝着屏幕中的脸蛋狠狠地亲了一口。

"嗯，真的很甜！"

天气之父

假如家里孩子是"天气之子"，该怎么办？

这天回到家，老纪又看见两岁的儿子躲在阳台，晒太阳、听风声、闻雨香，一副乐呵呵的样子。

起初，老纪还不以为意。紧接着出门，便遇到漫天乌云，正踌躇是带伞还是打车时，只见儿子喃喃低语，仿佛在和乌云说悄悄话一般，片刻后竟"唤"来晴天。这碰巧的一幕，才让老纪产生"儿子是天气之子"的念头。

夜里老纪在絮叨，妻子笑了："哈哈，别瞎猜！儿子就是普通的娃，没有什么神通。你就是望子成龙，想疯了！"

对于妻子的调侃，老纪并不理会，翻过身自言自语道："万一真的有神通，不就被埋没了吗？"

某天老纪整理家中藏书，无意间翻到《山海经》，其中记载："又东百三十里，光山，其上多碧，其下多木。神计蒙处之，其状人身而龙首，恒游于漳渊，出入必有飘风暴雨。"老纪猛然想起，其祖姓"计"，信阳光山县人，妻子则单姓"蒙"，凉山多木村人，且有好几次，带儿子出门忽遇大风，带儿子回家又突淋大雨，和书上记载的简直一模一样，这才笃定儿子有神通。

这可把老纪吓坏了，心想千万不能把这个消息透露给其他人，万一儿子被坏人抓走怎么办？失眠一宿，才下定决心，趁孩子还小，一定得不动声色，把儿子培养成合格的"神仙"。

儿子七岁，看上了画着彩云的豪华大风筝，老纪摸了摸渐瘪的钱包，还是一咬牙买了下来，心里盘算着："得鼓励孩子仰望天空，别等长大了，忘记怎么求雨。"

儿子十岁，带着考试不及格的试卷失落地回到家，老纪没有责怪，半开玩笑又半认真地安慰道："没事，我的儿子是小神仙，以后想干啥就干啥，区区考试算什么？"

儿子十八岁，高考成功，可填报志愿时却选了亲戚眼中最没前途的应用气象专业。妻子为此愁坏了，可老纪却很高兴，力排众议，送儿子上学，并暗自窃喜："儿子总算开窍，记起来他是神仙了。"

儿子二十六岁，研究生毕业已一年，仍找不到工作，有些灰心。已经退休的老纪不停鼓励："不怕，你小时候都能'呼风唤雨'，找工作算啥？"

儿子三十岁，早已成为气象播报员。每到晚上七点，老纪都会守在电视机前，等待儿子出镜。瞧见儿子站在气象图前，摆弄各类气象符号的样子，老纪十分高兴。

儿子四十岁，带着孙子回家探望老纪，闲聊时，谈道："爸，感谢您从小到大对我的鼓励，没有您的爱，我不会成功！话说，我也隐隐约约觉得，我从小就和气象特别有缘，不知道是为什么。"

上了年纪的老纪望着正在阳台洒水嬉戏的孙子，使劲想了想，最后喃喃道："究竟是为什么呢？我好像忘了……"

（该文发表于《三江都市报》）

第二辑　喝一口白酒 压一压芥末

生活中处处充满辣味

在职场中

在社交中

在娱乐中

唯一能压住辛辣的

便是醉辣

格局

"嘿！隔壁家的范杰带着集团领导回村了！"罗姨一路小跑，一进门便催促丈夫范明到村口迎接。

"千盼万盼，这次总算来了！"正在喂鸭的范明也顾不上饿得嘎嘎叫的鸭子，在围裙上抹了一把手，就急忙跨上电动车，搭上罗姨，径直向村口奔去。

范家村地处群山之间，多数村民靠贩卖特色咸水鸭营生，虽不算贫困，但也不算富裕。近些年，听说相邻的几个村依靠本地特色资源发展共享农业，搞得风生水起。可村内唯一的农家乐项目，还是没有几个外来客，半死不活的。身为村主任的范明有一些着急，不得不求助在市里大集团当办公室副主任的本家兄弟范杰。

范杰说，范家村依山傍水，可以发展乡村特色旅游业，他准备邀请集团领导来参观、投资。可这一"准备"，就是好几年。今天可算是来了，范明能不高兴吗？

还没到村口，范明远远地便瞧见两辆SUV停在山崖旁，两名司机站在一旁抽烟。边上，范杰正对着一名中年男子叽里呱啦说些什么。只见那名中年男子休闲打扮，一顶渔夫帽一身运动服，鼻尖还挂着一副墨镜，挥起一根登山杖指向远方，与范明想象中"西装革履的投资人"形象相差甚远。

瞧见范明和罗姨赶到，范杰便开始介绍："吴总，这是我们范家村的村主任范明和他爱人……范明，这是我们集团董事长、我们市的优秀企业家吴总。"

范明心想，董事长来了，投资的事有戏！他正准备把酝酿许久的客套话搬出来，想不到吴总却抢先道："真是辛苦您赶过来了。"随即便招呼范杰，"小杰，我们也不耽误人家范书记时间，上山走一走吧！"而后，便摸着山路，自顾自地向山顶走去，范杰也急忙跟上。

罗姨用胳膊肘杵了杵范明，悄声问道："人家不是来投资的吗？不进村里谈，怎么反而往山上走？"

范明厉声呵斥："你懂啥？人家要搞投资，就得看地形地貌规划设计，这叫格局！"说完，便抄起柴刀赶到吴总前头，为人家进山开路。

殊不知，那吴总不喜欢走大路，偏偏喜欢走小路，要不蹚草丛、攀山壁，要不蹚小溪、过隘口，这可苦了开路的范明。一路上，范杰与吴总闲谈瞎扯，从回顾童年时光到畅谈未来，从品尝野果到欣赏山景，好不快活。而范明和罗姨则背着几人的马扎、水壶、零食，一直没有插话的机会。好不容易，他们才爬到山顶。

罗姨气喘吁吁，向范明问道："我看不像过来投资的，倒像过来游山玩水的。"

范明说："你懂啥？人家吴总是体验娱乐项目，过一会儿就谈生意了。"

见二人在耳语，范杰把范明、罗姨二人拉到一旁，暗暗交代："一会儿下山后，我把吴总领到你们家的农家乐，你们炒五六个菜，上两只咸水鸭，把藏的老酒端上来，让领导尝一尝。"见罗姨脸色不悦，又继续道："放心，把账算上……对了，再把司机叫上，别怠慢了。"

范明点头答应。可到家后，罗姨就不乐意了："卖完上一批鸭子还债，我们家就只剩几只蛋鸭了。哪有多余的鸭子给他们？"

范明怒道："要你去，你就去，人家那么大的老总，能差你这几个饭钱吗？你的格局怎么那么小呢？"说完，便开始张罗起来。

吴总和范杰下山后，便带着两个司机开始大快朵颐，菜一碟一碟上，酒一杯一杯喝，范明忙前忙后，都没机会上桌。厨房里，罗姨笑道，即便人家不谈生意，摆上这一桌，也能赚一点。

肴核既尽，杯盘狼藉。吴总竟笑呵呵地感谢范杰，随即喊上司机，登车回城里。范杰也不耽搁，叫上自己的司机，为吴总开道。

眼瞧二人匆匆离去，范明愣了——怎么连饭钱都不给呀？

罗姨怨道："你瞧瞧，被人忽悠了吧？费力不讨好，估计人家根本就没想来投资，只不过借这个机会来玩罢了！"

范明老脸一红，立马拿起手机，打电话给范杰："阿杰，你看你带吴总过来，吃了我四只鸭子，五个菜，不算酒，差不多两百块，是不是应该……"

范杰乐呵道："不好意思！我忘了，我这就把钱转你手机上。"

收到钱，范明笑了，对罗姨说："你看看，人家不差钱。"

挂掉电话，范杰对司机叹道："唉！我带老总到村里玩，把人家

陪开心了，以后我发达了，肯定会拉投资给他。现在还和我计较几百块钱鸭钱！格局怎么就那么小呢？怪不得穷。"

　　司机应声答道："是呀！还是您格局大！"

粉丝

陆东仁自称是铁杆粉丝，才得以混入云会长的新书发布会会场。未承想，一进会场便迎面碰上云会长，赶忙打招呼。

"云会长您好！我是您的粉丝，也是一名文学爱好者，最近也有一部新书将要出版，我叫……"

"感谢您远道而来！"还没等东仁自我介绍，云会长便紧紧握住了东仁的手，抢在东仁说话前，打发东仁入座。

作为市文学学会的会长，云会长的粉丝太多了。他们也不知道从哪找到的电话，有的希望借力出书，有的希望得到赞助，还有的希望加入学会并担任领导职务，可谓是不胜其烦。所以，云会长对自称"粉丝"的访客始终保持敬而远之的微妙态度。至于东仁是否真的是云会长的粉丝，也就不那么重要了。

对此，东仁倒也不以为意。毕竟，他眼下不过是名不见经传的初生牛犊，此番前来不过是为了多认识几个名家学者，混一个脸熟，日后也有吹牛的资本。闲着没事，东仁索性在活动现场一口气买了 5 本云会长的新书，细细品读了起来。

这时，同为粉丝的世恒也来了，瞧见东仁认真的样子，他调侃道："买那么多书，云会长就会记住你的名字吗？来这里的谁不是买书的？想结识云会长，得讲究方法。"

东仁笑道："我只是一个粉丝，目的仅仅是向偶像学习，没你那么多花花心思。"

"切！故作清高。"世恒嗤之以鼻，自以为看穿了东仁的心思。

一刻钟后，新书发布会准时开始。出版社的两位社长、学会三位副会长相继发言，无不赞颂云会长笔耕不辍、文思泉涌，传承国学经典，云会长功不可没。言语之间，竟使得原本计划半小时的新书发布会，延长到了一个小时，在场的人难免烦躁不安。

眼见现场氛围不佳，云会长在随后的致辞中说道："我借新书对儒家'五常'抒发己见，目的就是要引导大众关注传统文化，尤其是要懂得受礼知礼。久等非礼，我为大家对我的宽容，表示感谢！我的话讲完了！"作为发布会的主角，云会长简短的发言迎来了一片叫好，也引得东仁心中一阵悸动。

之后是读者交流环节，世恒早就占据了有利位置，未等主持人点名，抢过话筒："我叫世恒，是云会长的铁杆粉丝！家里买了不少云会长的书……"

原以为世恒的讲话不过寻常吹捧，可令观众想不到的是，世恒的发言越说越长："云会长的新书引经据典、高瞻远瞩，属于百年难得一遇的奇书……我的心灵和肉体都深受洗礼……"

世恒还在漫无边际地吹捧，不少人暗暗发笑，现场主持人想要制止，可碍于礼节，不知如何开口，云会长微微蹙起了眉头。

这时，东仁站了起来，也不用话筒，大声道："相信这位粉丝是真的喜欢读书！而且还是跨灵魂、跨肉体的热爱。想不到都已经读到狗肚子了，让我们能听到咕噜咕噜的声音。"

现场一阵哄笑，世恒羞愧地坐下来，随后偷偷离去。云会长向东仁投来感激的目光，东仁也会心一笑。

在最后的新书签名仪式上，云会长看到东仁拿出五本书，微微诧异："您怎么买了这么多？"

东仁答道："不多！不多！五本刚好。还烦请您在书上分别签上我们五兄弟陆东仁、陆东义、陆东礼、陆东智、陆东信的名字，并留下祝福。"

云会长恍然大悟："哦，原来你们家有五兄弟。那么多？仁、义、礼、智、信的名字来自儒家'五常'？"

一瞬间，东仁眼眶涌出了一丝泪光，哽咽道："是的！我们五兄弟都喜欢看您的书。只可惜，原本应该过来的小弟来不了。"

"哦？发生什么事了吗？"

"东信前段时间去世了。我刚刚和您说的新书，便是他与我合力写出来的……"

云会长一阵唏嘘，又喃喃道："英年早逝，可惜呀，可惜。陆东仁，陆东仁，我记住了，东西南北东为大，仁义礼智信仁为首……"

与云会长交换联系方式后，东仁回到了家，把签了自己名字的那本新书放入了书柜，锁了起来，其余四本撕掉签名页，重新签上自己的名字，约上快递，准备打包寄给贫困学生。

妻子疑惑地问他："怎么一口气买了五本同样的书。"

东仁笑了笑，答道："一个好故事比一个好名字更容易让人记住。

写五遍名字，比写一遍名字更容易让人记住……"

　　妻子似乎理解了东仁的意思，叹道："你又和别人说，你家有五兄弟了吧？可你明明是独生子……"

洁癖

小菁刚推开宿舍的门，就被室友阿月的热情"迎接"吓到了。

阿月脸上戴着医用外科口罩和医疗防护面罩，手持一杆消毒喷雾枪，把小菁从头到脚仔仔细细地喷了一遍，那阵势仿佛进了最高级别的生化实验室。

"好了吗？"小菁怯生生地问。她俩都是刚考进这家医院参加培训的医学生。由于平时经常接触病人，小菁自认为对卫生环境的要求已经很高了，想不到如今遇到了阿月，竟然是严上加严。

"好了，请进！"完成洗消后，阿月脱下一身装备，扔进早已准备好的医疗垃圾桶，春风满面，拱手邀请小菁进门。

小小的宿舍摆着两张双层床，透白的铁架和透亮的衣柜一尘不染。门口一张小桌子上摆满各色消毒用品，甚至还用标签标记出手机消毒区、衣物消毒区和鞋袜消毒区等。床后藏着一盏紫外线消毒灯，冒着热气，显然刚关闭不久。

"看得出，你是很爱干净的人。"小菁不免赞叹。

"谢谢夸奖，希望你也是！"阿月满脸自豪。小菁就这么认识了舍友，并且住了下来。

　　起初，小菁还预感两人在求学生涯中必定相处十分融洽。然而随着时间的推移，阿月的洁癖逐渐凸显，常常惹得小菁不满。

　　"她一有时间就洗衣服，见人走动就拖地板。从卫生间的便坑到天花板的墙角，角角落落，她都擦过、摸过。一间宿舍两个人，能有多脏？至于吗？"小菁忍不住向科室里的同学吐槽。"那不挺好吗？舍友热衷打扫，你不省事？"同学说道。

　　"卫生嘛，大家都是学医的，不要说非常时期，就是平时的基本防护还是必要的，但是搞得草木皆兵就没有必要了吧？"

　　"她是不是有'洁癖'呀？"

　　"她那不叫'洁癖'，叫'魔怔'！你见过半夜一点还在洗内裤的人吗？你见过洗完澡后，还继续洗脚的人吗？无论什么场合什么时间，她只要回到宿舍，就擦自己的杯子、镜子、椅子，又没有人动过她的东西，真不知道她在嫌弃谁。"小菁一一列举阿月的"罪状"，越说越来气。

　　这一天，小菁拆开刚买的新衣服，走进卫生间准备换衣服出门，可不到五分钟，她便提上裤子冲了出来。

　　"你就不能消停一会儿吗？隔几天就用盐酸刷卫生间，搞得满屋子都是酸味，衣服都臭烘烘的，我还怎么见人呀？"小菁喊道。

　　"叫你平时用完卫生间，要冲两次水，擦一遍坑。多简单的事呀，你还嫌麻烦。所以，我不得不下狠功夫刷一刷卫生间咯。"阿月的语气含着一丝委屈，可更多的则是抱怨。鲁迅笔下的"哀其不幸，怒其不争"，也不过如此吧。

　　"这间宿舍又不是你一个人的。两人一块儿住，别那么我行我素，好吗?"

"爱干净又没有错。谁让你那么不讲卫生?"语罢,阿月便提起水桶走出阳台,自顾自地洗起衣服来。然而这在小菁的眼中,无疑是无声的挑衅。

是可忍,孰不可忍。火山积攒到一定程度,必然会爆发的。小菁怒火中烧,甩开门便跑向带教老师的办公室。

"老师,我要换宿舍!"小菁泪眼汪汪。

"我早就听说了你们的事,按道理……"带教老师叹了一口气,安慰道,"可现在条件不允许,还得等一阵子。"

"为什么?"

"因为,部分宿舍得改成临时医疗点,你们要上'战场'啦!"

这一年,一场疫情席卷大地,不少医学生被抽调至抗疫一线。小菁去了临市疫区,阿月则被留在本院,一忙就是三个月,二人就此断了联系。

"听说了吗?阿月阳了!"刚刚撤回本院,小菁便听到了带教老师传来消息。

"这不可能!她那么注意防菌隔离,我看只要有机会,她连闷热的防护服都想多套一层。"小菁不太相信。

"唉!你是没看到,她们那组遇到了一位症状很重的老人,在急诊室上吐下泻。阿月刚换班后还没来得及穿防护服,便冲过去帮忙护理,被喷了一身秽物。即便如此,她还是耐心地护理病人,就这么被感染了。"

"后来呢?"小菁忽然急切地问道。

"听说，她主动请求去一线，干最脏最累的活，导致免疫力下降，以至于症状还有一些严重。"

"她现在在哪？"

"她为了避免传染别人，一个人隔离在宿舍里。"

"老师，我想请假去看看她。"小菁向带教老师央求道。

"你别去了，医院为你安排了新宿舍。"

"不，我要去，我们要在一起。"小菁随即告别老师，赶了回去。

一路上，小菁心中五味杂陈，可进门后的一幕还是让她满脸震惊。

原本干净整洁的宿舍脏乱不堪，地上满是污渍，床架都是灰尘，阳台上的衣服久未取下，有的散发着异味。而此时的阿月则瘫在床上，面色十分憔悴。

"你怎么忽然回来了？"听到小菁进门，阿月试图爬起身。

小菁赶紧跑过去，把阿月按下。

"不好意思，太忙了，都没来得及收拾，怪脏的。"阿月的声音有气无力。

"的确，还有一点不习惯。"小菁强撑笑容，打趣道。

"那你等一下，我起来打扫！"

"不，你躺着休息，我来吧！"

"我来吧，你不知道怎么打扫。"

"没事，我看多了，也学会了，拖拖地板，洗洗衣服，把卫生间用盐酸再刷一遍……"

话还没说完，二人相视一笑。

（该文发表于《金山》）

华容道

一提到"华容道"，很多人会联想到"赤壁大战"或"关羽放曹"。不过，那毕竟是历史故事，是真是假无可考证。可对我们小区的居民来说，华容道不在远方，就在楼下。

我们小区属于早些年的企业安置住房，没有物业，也没有专人管理，纯粹的原生态。楼下空地原先杂草丛生，蛇虫时有出入。十几年前，私家车像燕子一样"飞入寻常百姓家"，几户居民为了停车方便，便出钱出力将杂草清除，铺上水泥，自建了一个小型停车场。既没签合同，也没立字据，更没有审批手续，全靠口头约定划分车位。

这几年，生活条件越来越好，有的人搬出了小区，有的人添置了新车，还有的人在自家开起了公司招待客户，停车场上的车也越来越多。因为没有人管理，来往车流就这么见缝插针地排着摆着，回来晚的业主往往一位难求，很不方便，因此不得不拼尽全力挤占车位。有时四车相对成"十"字，有时三车平齐成"匸"字。外侧的车没留电话，里侧的车要想出来，就得长按喇叭震醒全小区，所有的车主都要到场，里出外进，在狭小的车道内反复调整，如同玩游戏"华容道"放走"曹操"。偶尔，邻居们甚至因为少数车主挪车晚了而大打出手。

后来有了物业，小区也由"弃管楼"变成了"有管楼"。为了解决停车问题，社区和物业想了不少办法，但都没有着落。若重新划定车位，曾经花钱改造停车场的几家人不同意；若聘请人员管理，没车的邻居又不想出钱分摊。折腾来折腾去，刚刚退休的华大叔便自告奋勇义务帮忙。他说自己每天闲来没事，在楼下溜达，和邻居们都熟，管理车位再好不过。

当然，华大叔的管理方式也很简单。小区外的车进来，无论停车多久，华大叔都要求车主留下手机号。停车场里侧的车若想出来，华大叔要不电话通知外侧车车主挪车，要不请里侧车的车主配合移位，在华大叔的指挥下，把挡道的车一辆一辆挪走，再把外侧的车一辆一辆开到里头。

起初，204 的小魏和 802 的老严对华大叔的管理水平心存疑虑，不愿留电话，怕别人无事骚扰，毕竟小区停车难可是历史遗留问题。某天，二人的车刚好紧挨墙成"丁"字停靠，无论怎么挪都开不出去。一筹莫展之际，华大叔来了。就在华大叔"左打三分之一圈""轻踩油门约一秒""回轮摆正匀速开"等一系列精细口令指挥下，小魏和老严的车以再靠近 1 厘米便剐蹭的危险间距将车开了出去。华大叔也因此得到了二人的尊重。

说起来，华大叔玩"华容道"真是一把好手，指挥车流虽不说高效便利，却也井井有条。即便车子横七竖八，也都能在华大叔的精准指挥下，或挤出空余，或预留通道。看到如此精彩的表现，不少居民便犯上了"懒病"，索性把车钥匙都留给华大叔。如果想把自己的车挪出来，便掏一根烟，请华大叔上阵操刀"代客挪车"。而自己则等华大叔把车开出来后，再下楼取车，省时省力。

不过，前段时间发生了一场意外。406业主的媳妇快生了，自家的车被一辆小货车堵住了。货车车主因匆忙下楼意外受伤，脚瘸了不能开车。刚好赶来的华大叔，夺过货车钥匙，钻进驾驶舱，松离合，放手刹，踩油门。一阵猛如虎的操作，货车就这么噌的一声冲了出去，辗转腾挪之间，奔出停车场。华大叔下车后，一众围观的邻居纷纷称赞华大叔救场及时。华大叔下车后则一脸冷汗，微笑以对。

再后来，停车场内的停车秩序越来越规范。出趟远门回，小魏发现主动下楼挪车的人多了，请华大叔帮忙挪车的人少了，见缝插针挤占车位的人也消失不见了。那些原本不愿请人管理的居民，竟主动要求招聘专业的管理员调整车位，留足消防通道。

小魏不明所以，喝茶聊天时，向老严求教："是不是因为帮孕妇紧急开路的事，让大家关心华大叔了，变得更自觉主动了？"

然而，老严却卖起了关子，悠悠道："也不全是这个原因吧。"

小魏好奇地问："那还有什么原因？"

"帮助孕妇后，邻居们见到华大叔的老伴都会夸上几句，可大姨总会很谦虚地说：'多亏了大家频频让他挪车，才让老华有机会练车考完科目二。不过，开货车那次纯属瞎猫碰上死耗子，错把油门当刹车冲了出去，幸好没出事……'"

"啊！原来我们找他挪车那么多回了，他都还没有考驾照呀！"

"是呀！幸好没出事，可以后再也不敢咯……"

（该文发表于《红豆》）

空格

老肖被吓坏了！李书记在签阅由老肖拟稿的材料时，发现了一个多余的空格。好巧不巧，这个空格竟还在李书记的名讳中间。于是，李书记在空格处画了一个大大的圈，经秘书将材料转交给老肖。虽然，李书记对此尚未表态，可黑色的圈圈却如一颗瘤子，扎在老肖的心头。

尽人皆知，老肖是单位里的"一号笔杆子"，行文办文以严谨细致、无可挑剔著称。谁也想不到，多打一个空格这样低级的错误，竟会出现在老肖的笔下。

"人非圣贤，孰能无过？一个空格而已，你就别放在心上了。"看见老肖抱头趴在办公桌上，同一办公室的老陈安慰道。

"是不是你在害我？"老肖忽然坐起身，冷冷地冒出一句。

"你在说什么？"老陈一脸诧异。

"李书记上个月新到任，对我们还不熟，一个多余的空格足以给他留下不好的第一印象。"老肖布满血丝的眼睛瞪得老陈浑身发毛。

"我们一起共事五年了，我为什么要害你？"老陈理解，老肖从基层干到机关，从乡镇干到省直，从一级科员干到一级主任科员，全靠写了一手好材料，十分不容易。眼下，就要被推荐为四级调研员，一个岔子都不敢出。所以，老陈按下心中不悦，轻声解释道。

"我清楚地记得那天晚上，我熬到半夜一点，一个人把终稿写完。随后打开折叠床，守在办公桌旁，眯了不到半小时，就把稿子传到文印室自动打印。我肯定之前没人动过。"老肖对自己的严谨十分自信，"看我检查李书记的稿子，空格被插入在中间一页的最后一段，前后语句和我原本写的不同。显然摸准了我不细读中间段落的习惯，趁我不注意改了稿子。而且，不是熟悉我的人还干不出来！"

"你平时不是一写完终稿就打印吗？怎么还睡了一会儿？"老陈不由得打趣，言外之意还是怪老肖自己疏忽。

"肯定有人动了手脚！"老肖白了一眼老陈。说完便冲向文印室，检查监控记录。不看不知道，原来那天晚上，还有三个人曾靠近文印室，且都与老肖有过节。

"是不是因为我经常骂你不好好修电脑，所以你陷害我？给打印机动手脚？"第一个被老肖质问的是技术员小柯。

"怎么可能？那天晚上十一点，您打电话给我，让我赶来守着打印机，怕临时出故障。而我过来的时候，既没看到打印机故障，也没见您打印，所以在您办公室外等了半小时就走了。"小柯很委屈，毕竟他知道老肖敏感，平时都不敢在老肖身边多待一分钟，生怕被老肖批评。

"我那天早上不过就是让你把材料改了七遍，你怎么就害我呢？"第二个被老肖质问的是新来的年轻干事小云。

"肖科，我怎么敢呢？您熬夜写材料，我也加班改材料。打印好准备给您审阅的稿子，就取走了，前后不到两分钟。您怎么能怀疑我呢？"平时因为写材料的事情，没少挨老肖批评。现在，面对活阎罗一般的老肖，小云都快哭了，声音不停地发抖。

"只有你了！你能进我办公室，那天晚上也进了文印室。也只有你有水平改动我的稿子。"第三个被怀疑的对象，正是单位里的"二号笔杆子"老王。

老王不慌不忙，坐在办公桌前稳如泰山，幽幽道："我俩是一起进机关的。我一直把你当成可敬的竞争对手、学习的对象。想不到，你竟然认为我会干那么下作的事情，真心寒。"

就在老肖与老王争吵之际，李书记一个电话把老肖召到会议室。

见到李书记一本正经坐在会议桌的对面，老肖冷汗直流，哆哆嗦嗦地解释："李书记，我得向您汇报，那个空格是有人为陷害我才打上去的。我本人绝对没有冒犯您的意思……"

李书记叹了一口气，打断老肖，说道："我得向你道歉。那天晚上，我也在加班。走进你办公室，看你在休息，不忍心打扰。所以，就悄悄用你的电脑改了一小段。也怪我没提前和你打招呼，那个空格估计是我不小心打进去的。想不到，酿成了误会，请你原谅……不过，老肖，如果想成长到更高的职级，光靠笔杆子不够，我们还需要容人的胸怀……"

李书记的一席话，让老肖脑袋发蒙，背上的汗更多了。

（该文发表于《山东商报》）

辞退

刘娜要被辞退了！消息一传开，科室瞬间炸了锅。

无人不知，刘娜是 A 医院的"网红护士"，通过自拍短视频给医院公众号吸粉几千。当然，卸下滤镜，刘娜也有出众的容貌——瓜子脸，微笑唇，一双水灵灵的桃花眼含苞待放，即便戴着口罩，也常有病人搭讪。虽然个子不高，可身材凹凸有致，常年练舞，每逢院里组织晚会，领导都让她领舞，给科室增光添彩。加之，刘娜嘴甜心细会聊天，科室聚餐时，只要有刘娜在，气氛都十分活跃。大家疑惑，为啥要辞退刘娜？

"干工作，刘娜还是不错的。上次，我给病人下诊断，少写一字。幸好刘娜发现，及时指了出来，避免了一场医疗事故。"老张感慨道。

"刘娜最大的特点是性格和善。我有几次查房，差点和病人家属吵起来。如果不是刘娜解围，向病人家属耐心解释，我早被投诉了。"小红也接茬道。

"是呀！她人真的挺好。上周，我要提前下班接孩子，幸好有刘娜在顶着，没出啥差错。"王姐也开始念叨刘娜的好。

"听说为了把刘娜留下来，主任都跑去人事科好几次了。那个人事干事死活不松口，要不说她业绩不高，要不说她性格孤僻，反正就是有各种辞退理由。"田妈插话道。

距离刘娜正式离开科室的日子越来越近，大伙的态度从最初的关切到现在的无奈。刘娜倒和往常一样，按时上下班，认真完成工作。可这在众人眼里，却显得分外不对劲。

"怎么说也不至于被辞退吧？上次五官科的那个高医生，因为借钱赌博，在外面欠了一屁股债，债主屡屡闯进医院要债，影响多不好呀！可到最后不也没事吗？"老张率先提问。

"或许是作风问题。刘娜长得那么漂亮，可能被医院某些高层看上了，搞出绯闻。要不然，人事科那边为啥讳莫如深？家丑不可外扬呗！"顾姐悠悠地说。

"也不一定啦。记得两年前刘娜刚来的时候，干事勤快负责，主任让她管了一阵子账，有可能是在管公款的时候出了问题。"小红的脸上有点兴奋。

"无论如何，还是小心点，别和她靠太近，万一被领导误会可不好。"田妈撂下一句话，便不再多言。

和其他人离开科室的时候不一样，刘娜连正式离职那天都没来医院道别。她只是用手机简单地交接完工作后，便失了音信。后来听说，分院刚开业，没有什么病人来，为了节约成本，领导层决定辞退一批人。众人开始猜测，是不是因为刘娜被抓住了把柄，沦为牺牲的对象。

刘娜被辞退后，全科室的人便不再谈论刘娜的事。只不过，老张看病诊断更仔细了，小红服务病人更和气了，连顾姐也不敢提前下班接孩子了，生怕下一个被辞退的是自己。用田妈的话说："谁会和钱过不去呀？"

某天，科室一如既往地聚餐。主任看气氛有些低沉，竟临时叫来了刘娜。看到老同事上桌，大家又开始向刘娜表达关心。

"为啥被辞退呀？是不是身体不舒服？"

"如果缺钱就和我们说，让大伙帮忙分担一下。"

"上面的人就是坏，怎么放走了你这样的人才。"

至此，刘娜不得不道出缘由。

原来，刘娜早就不想干了，但愁离职后，房租饭钱没着落，因此迟迟不敢递辞呈。刚好，人事干事和刘娜是同乡的好姐妹。老板让人事干事找几个人辞退，她怕得罪人，正愁无从下手，于是刘娜和她一拍即合。

"她开除我，完成业绩。我接受辞退，可以得到一笔 N+1 的辞退赔偿金。所以，一离开医院，我就去旅游啦！"

"被辞退多难听呀？"同事们煞有其事地问道。

"唉，谁会和钱过不去呀？"刘娜咽下一口啤酒，淡淡地说。

汇款

"姑娘，您看能不能查一查这笔钱是谁打的？"男人将手机屏幕贴在防弹玻璃上，而屏幕中仅有一条成功收款 3000 元云云字样的短信。这让银行客户经理小符犯了难。

"先生，查询交易记录请您将银行卡给我。另外，您是户主吗？这需要户主本人才能查看哟！"小符仔细一瞧，男人一身工服衣着陈旧，虽然还算干净，但沾了不少漆渍，似乎是附近工地上的农民工。

"这样呀……俺不是户主，户主是俺妈。她年纪大了，在乡下。银行卡一时半会儿寄不过来……您看用俺的身份证证明可以吗？"男人挠了挠头，表情有一些急迫。

"这恐怕不行，至少得有您母亲的证件，还有委托书。"小符明确拒绝了男人的要求。

"请您一定要想一想办法！因为……因为这钱不是俺汇的。"

原来，男人的母亲得了重病，他每隔一段时间都会来银行将医药费转回老家，可到了昨天汇最后一笔款时才发现，他的积蓄已空。男人无奈之下只得把付款单撕了，回到工地。母亲竟鬼使神差地收到了那笔 3000 元汇款。于是，男人急匆匆地赶来银行核实情况。

"钱收到了，不是好事吗？"小符笑道。

"关键是这钱不是俺家的呀！万一有人转错账怎么办？"

"那不可能，非银行卡的汇款转账需要填写不少资料，不会出错的。"前天也是小符当班，她坚信自己不会犯这样低级的错误。

"麻烦您想一想办法，丢钱的人得多着急呀，人家万一有急用呢？"男人抓耳挠腮，脸都急红了。

就在这时，一位白发老人走了过来，打断了他们的对话。

"小伙子，你看你这事儿暂时还解决不了，也别为难人家小姑娘。你可以先回去收集资料，让我先办理业务吧！"

男人眼瞧着一时半会儿解决不了，只能怏怏地离开了。瞧见男人远去，老人赶忙坐下，对小符说："下次他来，千万别给他查账。"

"为啥呀？"小符惊诧地看着老人。

"不管为什么！别给他查！"

说完，老人就走了。

男人又来了几次，巧合的是，老人也出现了几次，好像老人就住在附近。银行的监控留下了这一幕幕。一天结束后，老人说："姑娘，我要出门几天，等他下次过来，想一想办法，把他骗过去。"

"到底是怎么回事呀？"小符疑惑不解。

"因为那钱，就是我汇的。我看到孩子孝顺，可是又没钱，我要帮他救救急。"男人转账那天，老人刚好在场，于是老人捡起男人撕碎的汇款单，按其中的信息把钱汇了出去。

"虽然您是好心，但是这事我不好办。"按业务规定，小符不能对客户撒谎。

"人家家里着急用钱，你就当做好事吧。"

忽然，一个声音从老人身后传来："这不成！"

令老人始料未及的是，男人竟然折返银行，恰好听到老人和小符二人的对话。

"刚刚俺从工友那借来了3000元，请您收下！"男人将一口袋的零钱递给了老人。

"钱给了就给了，谁家里没有个难处。"老人看得出，男人筹钱并不容易。

"俺娘从小教我，不能平白无故收人好处。"男人继而又说道，"唉，要不是工头一直拖欠我们工资，我又怎么会拿不出钱？"

"哈哈，原来还有这个情况！那这个钱，我现在不能收，你得过一段时间才给我。"明白男人缺钱的缘由，老人竟笑出声来。

"过一段时间？"男人不明所以。

"我是一个律师，拖欠工资的事，我帮你们解决！"老人郑重地将钱袋交给了男人。

"要得！要得！那太好了。"男人的眼泪流了下来，手心顿时暖暖的。

（该文发表于《山东商报》）

姐非姐

豆豆最近有一些烦躁，因为她变"老"了。

研究生刚毕业，二十出头的豆豆便考入了机关，属于单位里年纪最小的干部。单位里，大多数职位比她低的干部，岁数比她还大。年轻漂亮的豆豆自然而然地成了单位里面的小红人。

起初，豆豆对年龄差并不在意。可最近机关来了一位军转干部老颜，职位没有豆豆高，年纪三十好几，且一副老相，初次见面便直呼她"豆姐……豆姐……"，这让豆豆十分反感。

豆豆向闺密抱怨："我才二十多不到三十，还没结婚，却被比自己年长的男人称'姐'，不是显得自己老吗？我长得有那么老吗？"

闺密劝解道："老颜久在边防服役，与女性的社交经验不多，对年龄称谓并不敏感……而且，看样子他不善于通过长相判断年纪，或者是出于自谦和尊敬，逢人便称'哥'和'姐'。你就别放在心上啦……"

豆豆可不买账："我看不是什么尊敬，就是缺心眼，没眼力见儿！"

女人对自己的年龄不可谓不在意，尤其是干事业如日中天的年龄段，谁肯承认自己"老"呢？

终于有一天，豆豆忍不住了，借单位聚餐的机会，当众对老颜嘲讽道："这么大的人了，还不懂事，我比你老吗？还整天'姐'呀'姐'呀地叫……"

老颜一时哑然，慌忙解释："豆姐……不，豆豆……是我太不懂事，称呼叫错了……自罚一杯，请原谅！"说完，便将杯中酒一饮而尽。

豆豆可不接受："你还叫我豆豆？我们有那么亲吗？真是……"

好在同桌的领导及时扯了扯豆豆的袖子，要不然老颜真就下不来台了。

从此以后，老颜虽然刹住了口，可坏名声也被传出去了。

再后来，单位上任了新领导陈处长，学历比豆豆高，年龄与豆豆一般大，帅气有活力，却是一副低姿态，安排工作、日常聊天，都会说："姐，请您如何如何……哥，烦请如何如何……"一点儿都不把自己当领导。

豆豆也不例外，被陈处长"豆姐"来"豆姐"去的称呼哄得十分开心，在人前人后都说："新领导谦虚、亲民、接地气，从不摆架子，能和我们下属打成一片……"

由此，豆豆和陈处长的关系也逐渐熟络起来，无论是在公开场合还是私底下，豆豆都称陈处长为"陈哥"。

一天，豆豆无意间路过陈处长的办公室，偶然听到老颜正与陈处长在里头闲聊，言语间十分亲昵。

"颜叔，我来单位不久，多亏了你，带我熟悉工作……要不然，到现在我还认不清同事。"陈处长笑道。

"哈哈，别叫我颜叔，都把我叫老了。"

豆豆顿时便来了气，心想："老颜怎么那么没大没小？陈处长自谦，对你尊称，你还……"

"哈哈，虽然我俩年龄差距不大，从小一起长到大，不过我们是远亲，按辈分，我就应该叫您'叔'。"

听到这，豆豆心中一惊，想不到陈处长和老颜是亲戚，而且感情还不浅。豆豆正寻思着该如何是好，却听到陈处长继续问道："听说，你和豆姐因为称呼的事起过冲突，这到底是怎么回事？"

豆豆不免心慌，正寻思着是否要推门打断时，老颜说了："其实，豆豆同志批评得对。虽然有些许年龄差，可在单位里面都是同事，相互平等，称兄道弟的话，难免江湖习气有点儿浓。"

"是呀！上级机关屡屡下文，严明党政机关的称呼纪律，不过年长与年少的同志之间的尊敬还是要有的。"

"所以，我建议，以后年长的我们就叫'老同志'，年少的还是叫'小同志'，遵守传统。"

"好！明天开会，我带头做自我批评。以后，我们相互之间还是称'同志'吧！"

听到这，豆豆脸上火辣辣的。

看不见

张大妈是大家公认的"透明人"。当然，她从未承认这点。人嘛，哪有透明的，那不成了鬼？

为什么说她是"透明人"？因为她是健身房的清洁工，除了主职打扫女浴室，还兼职打扫男浴室。每天见到的不是刚健身完香汗淋漓的帅气小伙，就是刚洗完澡赤裸擦身的健硕小哥。

有一回，一个十七八岁的男生第一次来健身房健身。洗完澡后，如在大学澡堂洗澡一般，连内裤都没穿便径直走到更衣柜前换衣服，恰好碰到进来打扫的张大妈。

男生大惊失色，像小女生一样"啊"了一声，赶紧用毛巾捂住下身。可张大妈却对此视而不见，既没有慌张，也没有失态。旁若无人，水桶放下，拖把墩地，开始自顾自地干活。眼中除了湿漉漉的地板、雾蒙蒙的镜子和满当当的垃圾桶，似乎别无他物。一副"只要自己不尴尬，尴尬的就是别人"的做派。瞧张大妈没反应，男生也就无所谓了。

不难发现，张大妈头顶的齐耳短发属于 70 年代的发型，常穿的花色衬衫属于 80 年代的打扮。黑褐色的宽松八分裤搭配一双土黄色的防滑靴，乍一眼，和街头捡空瓶、收纸板、倒泔水的大妈别无二致。加之,张大妈习惯埋头干活,从不与人对视,几乎所有人都记不清她的相貌。更何况一副宽大的黑边眼镜,也把她的脸遮得只剩下了半边。

即便都说"男女有别",可久而久之,前来健身的男男女女们也都习惯了张大妈的存在。毕竟,来健身的会员们忙着锻炼、一身疲惫,哪怕是在男性浴室,又有哪一个年轻小伙会介怀一个对自己毫无兴趣的大妈呢? 张大妈也就成了大家眼中的"透明人"。

或许就是凭着一股专注又低调的气质,张大妈从大饭店的清洁工,干到了男女厕所的清洁工,又干到了健身房的清洁工。之所以频繁更换工作,无非就是因为工资高了,环境更干净了,休息时间也多了。

张大妈很勤快,只要不打扫浴室,张大妈就每天穿梭于健身房的各个器械区。搬哑铃归位,举杠铃上架,渐渐地竟练出了一双线条分明的"麒麟臂",干活更勤快也更麻利了。毕竟,她待在健身房里的时间,比那些个 VIP 会员还要多得多。每天擦拭、触摸健身器材的时间也要多得多。而且,她看起来也不是那么蠢笨的女人。

这一天,有一个健身房会员带着五岁的女儿来健身房健身。小朋友不懂事,登上跑步机就是一通瞎按。一不小心调速过猛,被飞驰的跑板甩了出去!

说时迟那时快,恰巧在一旁整理器械的张大妈一个箭步冲上前,用强而有力的双手接住了小女孩。然后如奶奶一般轻拍小女孩后背,勉力安抚。好在这只是一瞬间的事情,小女孩都没有感到害怕,事情就已经结束了。家长看到小女孩没有受到伤害,更不知道刚才发生了什么,也没有提出非分的要求。凭着这一件事,张大妈为健身房挽回了不可估量的损失。

想不到，这一事故被健身房的监视器拍了下来，健身房工作人员将之传到了网上。一传十，十传百，张大妈竟成了名噪一时的"最美清洁工"，引得一众网友点赞。

为抓住客流量，健身房经理随即把小女孩家长送来的锦旗挂在门前。还安排人在健身房大厅做了招牌进行宣传，一天24小时循环播放张大妈救人的视频，还有她展露肌肉打扫器材的大量镜头。

于是乎，不少新会员慕名而来。健身完进洗澡间，只要看到正在打扫的张大妈，便忍不住搭话，要不询问救人时的感想，要不请教如何锻炼肱二头肌，一向低调的张大妈只能支支吾吾仓皇应对。

张大妈与健身小伙们交流变多了，一来二去，小伙们也就不好意思在张大妈面前换衣服，感觉特别麻烦，仿佛这是张大妈的过错。这一下张大妈又不"透明"了！会员也一天比一天少了。

了解了实际情况之后，健身房不得不又请了一个专职打扫男浴室的大叔，给张大妈的工资随之减了三成。

再后来，张大妈也开始觉得尴尬，不得不回到饭店洗碗。虽然工资低了，但没人搭话，没人认识她，倒也自在。只是，偶尔回想，如果当时不救那个小女孩，事情会怎么样呢？

她想了许久，都没有答案。不过，她总是自言自语：就算现在，我还是会救她的，多么可爱的女孩子呀！我孙女要是还在，一定也是这么可爱吧？

当然，这样的话，没有人能听见，她是在心里对自己说的。

（该文发表于《百花》）

老梁

"老梁！您的老房子真不错，适合用来隐居！我打算买下来，您开个价，好不？"任凭买房人万般热情，可老梁始终不发一语，除草、翻地、播种，手里头的农活依旧忙个不停。

看似满不在乎，可老梁的心里却直嘀咕："这是半年来第几个买房子的人了？第七个？第八个？还是第十个？"

在村里，老梁是尽人皆知的鳏夫，没啥存款，没啥文化，手里最值钱的物件，就是这一套从爷爷那辈传下来的老房子，家具摆设无非一张堂桌、两把椅子、四张凳子。可不知怎么的，最近总有人上门想盘下这间房子，而且出价颇高。

起初有人问价，老梁便想把房子卖了。可酒友劝他："买家出十万，说明这房子可能值二十万，你可以再等一等。"

说起来，买房人的说辞都不尽相同。要不说这房子地处风水宝地，适合造墓添坟；要不说这房子周边风景秀丽，适合改成民宿；要不又是说，这房子外围土质肥沃，可以发展种植产业；等等。

当然，老梁一个都不信。他十分清楚，这屋子是爷爷年轻的时候就近砍树就地搭的，位置偏得很，家具也都是自家手艺，绝对不是什

么古董。

无论怎么样，老梁只想把房子卖出个好价钱，筹备聘礼，娶一房老婆，生一窝娃。

然而随着时间推移，买房看房的人多了，可报出的价格不是越来越高，反而越来越低，这让老梁有一点儿迷糊。

酒友又建议："那就别等了！与其等人抬价，不如自己出价。我请专家替你看看。"

于是乎，在酒友的牵线下，老梁请来了老黄。

老黄何许人也？他是镇上有名的鉴定师。老黄虽然不姓黄，可喜欢随身带一口黄铜制的烟袋锅子，习惯穿一身黄长袍，久而久之，在圈子里就被称作"老黄"。

老黄提溜着烟袋锅子走进屋子，烟袋锅子这里磕磕，那里碰碰，兜了一圈，便叹了一口气："唉！晚了！晚了！你应该早点把它卖掉。"说完便径直走出屋外。

老梁赶紧把老黄拦住："您说话别说一半呀，怎么就晚了呢？"

老黄又叹了一口气，说："就知道你不识货。别人之所以想买你这屋子，就是看上了你屋子里的这堆木头。那些桌子和椅子，原本都是花梨木做的，而且还是上等黄花梨做的！"

一听是"黄花梨木"，老梁顿时乐开了花。他早听说黄花梨木是仅次于紫檀木的高贵木材，常用于皇家装饰。在市面上，一条黄花梨木做的凳子可以卖数百万。想不到，家里还有这样的宝贝。"我老梁真的要时来运转了。"白花花的票子，漂亮的妻子，一顺水在老梁眼前展开。

老梁强压心头的兴奋，疑惑地问道："那怎么就晚了呢？"

老黄把老梁带到厅堂，指了指堂桌桌腿上的四个不规则的小点，问道："知道这是什么不？"

"不知道！"老梁挠了挠头，全然记不清这四个小点从何而来。

"这叫'盗印'，是盗木贼留下的记号。"

"您说啥？难不成，我被贼盯上了。"老梁不免惊呼。

"早就被盯上了！他们习惯分两伙，一伙人踩点，看主人家哪一些木头好，便留下盗印；另一伙人趁主人不在家或夜里入睡的时候，便偷偷溜进来，顺着记号把好木头换掉……我看有四个盗印，说明最少有四伙人来过。懂行的一看盗印形状大小，就知道是哪一伙人盯上的。而你这全黄花梨木拼的堂桌，被偷换得只剩下最不值钱的桌腿喽！"

"怪不得报价越来越低……那该如何是好？"老梁两眼一蒙，不敢置信。连忙跪下来，抱住老黄的腿，寻求办法。

老黄无奈地点了点头，在屋子里兜兜转转，看一看还有什么值钱的东西。转了一圈，老黄忽然察觉到什么，借来梯子爬上房梁，随后笑道："原来这里还有！好大的家伙！"

"还有什么？"老梁不解。

"你这屋子的主梁也是黄花梨木做的，且纹路变化多端，如行云流水，虽然香气不浓，质地粗糙，可少说也能卖三百万！"

"三百万？那么高！"老梁大喜过望，连忙道，"那我现在就联系人，看怎么把它卖咯。"

老黄眼珠骨碌一转，赶忙拉住老梁，说："别急，这个价格，你

一时半会儿肯定找不到合适的买家。你再等三个月，县里有木材交易会，到时候肯定能卖出好价钱。"

说完，老黄婉拒了老梁请客吃饭的热情，便匆匆离开了。

令人始料未及的是，老黄走后不到三天，老梁便以不到一百万的价格，把屋子卖了出去。

对于老梁的仓促，酒友十分不解："明明可以卖出更高的价钱，为什么不再等一等？"

老梁悠悠道："再等，命就没咯！"

"咋会没命呢？"

"告诉你，老黄走后的第二天，我不放心，又爬上了房梁。在一个不起眼的地方，发现了盗印。我想，如果再不卖，保不齐就有盗木贼把梁抽走。你说，主梁都没了，屋子一垮下来，我的命还在不？"

"你又不是盗木贼，你怎么知道看到的是盗印？"

老梁嘴角一撇，白了一眼："你懂什么！我和你说，那个印子比酒瓶盖大一些，圆圆的带有烟味，分明就是用烟袋锅子新烙上去的……"

（该文发表于《嘉应文学》）

刘爽的生存法则

当筱彤知道刘爽是她的专属私教时，满脸震惊。

因为，筱彤从没见过这么胖的健身教练。一米六的个头，两百斤的体重，超大码的黑色无袖 T 恤，根本包不住肚子上的赘肉。走起路来，全身上下的脂肪犹如注水的气球般来回颤动。若不是九毫米短发下的那对翠绿耳环，筱彤完全不认为这是一位女健身教练。

这些年，经常性地加班、熬夜、吃夜宵，筱彤身材逐渐走样。看到一众同事因减肥成功而展露自信的微笑，筱彤决定赶时髦买私教课开始健身。

"你行吗?"筱彤略带质问的语气。这可是她一狠心，花了三个月的工资拍下的私教课。

"别瞧我这样，论减肥，我可是专业的。"刘爽拍了拍肚腩，自信笑道："在这个健身房，没有人比我更了解肥肉。"这语气，完全不像一个减肥失败的胖子，反而活脱是一名运动健将。

"注意转角、转胯、转肩，用大腿发力! ……用力! 再用力! 放心，你这小个子打不倒我。"刘爽很专业。国家一级运动员、国家一级篮球裁判员、全省青少年自由搏击 60 公斤级冠军、昆仑决海川站

60公斤级冠军。虽然退役多年，一套组合拳下来，仍是虎虎生威。成果出来令人诧异，在刘爽的指导下，十个胖子有九个能瘦下去，其他教练询问秘诀。她总是笑而不语。

其实，跟着锻炼没几天，筱彤就发现，刘爽是这个健身房最"憨"的，不断有女学员买她的私教课。对此，刘爽总乐呵呵地说："没办法，大家都怕我没饭吃。"

私下聊天时，有几个女学员对刘爽特别崇拜。

"和其他女教练不同，和刘爽在一块儿，没有什么'威胁感'，特别愿意和她聊天。"

"跟着刘教练健身。我感觉特有劲！因为她总拿自己举反例，让我们别变成她那样子。"

"有一段时间，我坚持不下去了。一连两周都没来健身房，刘教练一天一个电话鼓励我，催促我。要不是她，恐怕我也瘦不了。"

"听说，刘爽也曾瘦过。只是一次失恋后，她便开始暴饮暴食，导致成了现在这个样子。"

筱彤分明感受到，这些女学员在刘爽身上看到了曾经的自己。

当然，减肥的过程并不轻松。虽然，刘爽经常说："减肥三分靠练，七分靠吃。如果管不住自己的嘴，练多久都白搭。"可筱彤就是戒不了夜宵，戒不了零食。

这天下午，筱彤刚跑出健身房，就冲进了炸鸡店。不巧被跟过来的刘爽逮个正着。刘爽一把将筱彤手里的鸡腿打翻在地，抓住筱彤的手，霸道地说："你还想不想瘦了？如果想瘦，我们就一起瘦下去。"

于是，刘爽带着筱彤同步健身。筱彤练啥，刘爽练啥；刘爽吃

啥，筱彤吃啥。起初，筱彤跟不上刘爽的节奏，后来，刘爽开始忍不住要放弃。但是一想到刘爽被打败的样子，筱彤萌生说不出的兴奋和干劲。

终于，在刘爽的鼓励下，筱彤终于达成了"瘦成闪电"的目标。这天晚上，筱彤带着一袋子水果，来健身房探望刘爽。想不到竟看到刘爽在角落里偷啃汉堡包。

筱彤跑过去，将汉堡包打翻在地，伤心又愤恨地说："你还想不想瘦了？"

想不到，刘爽幽幽地回答："如果我瘦了，你们还会买我的课吗？"

刹那间，筱彤愣在原地，默然无语。

流星流量

"请问，您是郑筠曦吗？"退休第二天，刚来健身房的赵姨被一位年轻小伙拦住了去路。

"抱歉，我不是！"刚做完简单的热身运动，汗流浃背的赵姨并没有太在意。

"那您是郑筠曦的妈妈？怎么和她那么像？"小伙并没有让开。

"抱歉，我不认识什么郑筠曦。我姓赵，按岁数，您可以叫我赵大姐！"关于年龄问题，赵姨可不愿承认自己上了年纪。

"非常冒昧！赵姐，您方便和我合个影吗？"小伙还是提出了冒昧的请求。

"好呀！应该没问题。"赵姨犹豫了片刻，为了摆脱纠缠，还是没有拒绝。想不到，第二天这张合照竟登上热搜榜的榜首！

郑筠曦是谁？影视界当红流量小花，出道不过5年，年纪不到25岁，可拍一部电视剧，片酬就高达上千万，在各大社交平台共有3119万粉丝。这场"撞脸"事件疯传网络后，某些娱乐记者还煞有介事地编出头条新闻《健身房偶遇老年版郑筠曦》，引发一众热议。

"皱纹多了一些，脸颊肿了一些，眼袋宽了一些，可那五官、那神情几乎和郑筠曦一模一样!"这条路人留言在网上收获 1.3 万个赞。

"虽然,我们家的筠曦妹妹是永远的 18 岁,不过从那位赵阿姨的颜值可以看出来,筠曦妹妹即便上了年纪也一样很美!"这条粉丝评论在网上则被转发了 1.7 万次。

"我看这不是普通的偶遇,而是刻意的炒作!哪有人能那么像呢?"这条网络发言则收到 7000 多条反驳。

"电视剧里不就经常出现'撞脸'的故事吗?世界那么大,长相相似不奇怪。"

据媒体报道,被迫走红后,赵姨的生活发生了翻天覆地的变化。不断有人上门联系她,或是请她代言,或是请她带货,或是请她出席活动表演才艺。

"我哪儿知道怎么带货呀?"面对来自各界商家的电话轰炸,赵姨苦笑道。

"您只需要进入直播间,有主播会替您说话。您就拿起商品摆个 pose 就好。"电话那头的声音笃定道。

果不其然,当赵姨亮相直播间,整个电商平台瞬间炸开了锅,涌入一大批网友并开始互动。"您是郑筠曦的亲戚吗?您是不是和郑筠曦一样是双鱼座?您是不是也爱吃包子?……"

网友们的热情让赵姨不知所措:"哎呀,我就是一个退休医生,不认识什么大明星……"然而,此言一出,就有不少网友夸赵姨和郑筠曦一样,为人真实可爱。

这场直播活动,赵姨为商家带货盈利超 500 万,下场后的网络打赏也有 200 万。更令人想不到的是,打赏榜单的榜首,竟然是郑筠曦工作室的官方账号。话题#郑筠曦打赏郑筠曦#瞬间登上热搜榜的榜首!

随后一周,二人互动不断。赵姨受邀到郑筠曦家做客,做一大桌家常菜。然后郑筠曦登门拜访赵姨,为赵姨送上亲手做的蛋糕,共度生日派对。话题#郑筠曦与郑筠曦跨时空相遇#霸占热搜许久。

然而,不到一个月,一条关于"郑筠曦塌房"的消息传遍网络。据知情人士爆料,不少郑筠曦声称亲自拍摄的武戏片段,都是安排替身出演。且为了避免 AI(人工智能)换脸被粉丝发现,郑筠曦竟花高价,指使整形医生将数名替身整形成自己的样子。

"筠曦怎么会这样?"看到手机弹窗弹出来的消息,赵姨不可置信。

从线上到线下,郑筠曦遭到各界痛斥,一批又一批代言产品被下架,她本人也出国避难。全网大批粉丝,随即将怒火撒向赵姨。

"这个姓赵的是郑筠曦的同伙!"

"也许赵大妈就是刻意整形成郑筠曦的样子!"

"我们要一同抵制失德艺人!"

不少亲朋好友劝赵姨冷处理不发声,可赵姨却一反常态,打开直播间发言。她声泪俱下:"对于广大网友的愤怒,我表示理解!我宣布,我将在直播间赔罪三天,接受广大网友的批评!希望网友们能原谅筠曦妹妹!她真的是一个好孩子好演员。"伴随着三天直播的结束,这场网络风波也慢慢平息。

一个月后,赵姨搬进了新买的别墅。躺在宽敞的天台上,赵姨晒着太阳,悠悠地和友人电话聊道:"哎呀,想不到上了年纪,还赚了

那么多。既要感谢粉丝打赏，让我换了套别墅，又要感谢郑筠曦，给我送了一辆跑车。唉，说实话，这流量明星就和流星似的，转眼即逝。"而在赵姨手中，紧紧握着的正是她年轻时的照片。

赵姨隐约记得，5年前，一名刚毕业的女大学生贷款来她们医院整形。赵姨看女大学生与她年轻时有几分神似，便建议女大学生整形成她年轻时的模样……

（该文发表于《三江都市报》）

马路之交

生活中，常见有八拜之交、杵臼之交、点头之交，不知有多少人曾遇到"马路之交"？

善军和良灿算是遇上了。

善军在城北夜市摆夜宵摊，良灿在城东菜市开肉铺，前者家住城南，习惯凌晨收摊回家，后者家住城西，习惯早起出门卖肉，两人生活并无什么交集。

那天，天蒙蒙亮，车流人流稀少，善军睡眼惺忪，骑着摩托在马路上，良灿打着哈欠，推着"电驴"蜿蜒向前。就在路灯闪烁之时，一不留神，"砰"的一声，二人就这么直挺挺地相撞在了城中区的斑马线上，还跌了个大跟头，善军摊上的余菜和良灿早切的鲜肉都翻了一地。

"对不起……不好意思……有点犯困……"起身后，俩人顾不上争吵，异口同声地道歉，吐出的字眼竟还一模一样。点头鞠躬间，昏沉沉的两人，头又撞到了一块儿。

这就是不打不相识吗？两人摸摸头，相视一笑，尴尬、愧疚、埋怨，顿时烟消云散。

一看到同为早出晚归的生意人，善军提议："您看我俩损失得不多，要不我把刚做好的炒河粉和炸肉串赔偿给您，当个早点，我们就不报警追究了，可好？马路上车多，我们就不长时间逗留了。"

见对方如此有礼貌，良灿立刻回应道："不不不！这场意外，主要是我的错，我把刚杀的猪肉赔您吧？您摆摊也不容易，早餐我就不要了。"

一来二去的推让间，二人遂约定早餐换鲜肉，当作相互赔偿，为这场意外画上句号。

后来，每天清晨，同样的时间，两人总能相遇在这城中区的斑马线上。从点头微笑到闲扯两句，再到加微信保持联络，两人越来越熟。恰好善军摆摊需要鲜肉做菜，良灿需要早点饱腹，两人便约定如同初次见面时一般，见面时一人赠鲜肉，一人赠早餐。这段巧合下的友谊，持续了很久。

这两年，城市经济发展迅速，电商交易开始流行，城东菜市的客流量越来越少。忽然间，猪肉销量严重下滑，这让良灿十分发愁。

善军听说良灿生意上有困难后，一拍胸脯，承诺道："你卖的肉我全都包了！"

良灿大喜过望，可转眼又疑惑地问道："你怎么需要那么多肉？"

善军悄悄地说："最近，手机点外卖的人多了，我和我周边的许多摊子生意火爆，需要很多肉。"

于是乎，每天早晨，城中区斑马线上的早餐换鲜肉，变成了钞票换鲜肉，慢慢地，良灿的生意也恢复如初。

为感谢善军，良灿这天下午新宰了一头猪，提着鲜肉赶到了城北，竟发现善军所在的夜市早就停业了！

原来因为道路改造，城北夜市吃不到外卖下单的红利，所以生意惨淡，所有的摊子都搬到了城南，且城南附近还有一个菜市场，物美价廉，成了夜市的主要货源地。

"那为什么善军还过来和我买肉？"良灿只道是善军为了施舍他，明明自己生意不好，还特地绕道和他换肉。羞愤交加之下，良灿关了微信，删了电话，城中区也不去了，终止换肉，两人就这么断了联系……

再后来，良灿闲暇时打开短视频，竟刷到了善军店铺的推荐介绍。他这才知道，因为前两年生意兴隆，善军积攒了不少的客源，所以城北生意惨淡时，他就在城西开了新铺，家也搬到了城东，每天早晨依旧从城中区路过。

那善军为什么不解释清楚呢？良灿恍然大悟，那段时间他们早上总是匆匆见面、匆匆而别，根本没时间交流，自然不知道善军的近况。

自己不过是以小人之心度君子之腹。

良灿后悔万分，提上鲜肉，早早守在城中区斑马线，希望找个机会向善军道歉。

然而，一连等待数日，良灿却始终等不到善军。

几经询问良灿才知道，断了联系后，无论刮风下雨，善军每天早晨都会在城中区的斑马线附近守着，希望有机会向良灿解释。就在良灿决定道歉的前一日，善军遇到了晚归酒驾的司机，停在斑马线上的善军躲闪不及，就这么横遭厄运……

良灿为此伤心不已。

为纪念好友，良灿把他的肉铺改名叫"善军肉铺"。只要有时间，良灿便来城中区当交通协管员，为那些早出晚归的生意人引路。

这便是在精神康复社区医院里传闻许久的"马路之交"。

（该文发表于《金山》）

逆行

"今天路上的人真多！声音清脆，味道香浓。这一切多么美好！"清晨 8 点整，走过人声鼎沸的红绿灯路口，志国坐在轮椅上傻傻地笑着，赞叹的词语一连串地蹦出来。

"对于你的趣味，我欣赏不来。在我面前，只有上班工人的汗味、汽车奔驰的尾气混杂着早起白领的香水味，小车轰鸣、"电驴"喇叭、买卖吆喝叽叽喳喳，真心觉得难闻和吵闹。"我推着志国穿行在人流之中，亦步亦趋。

"哈哈，那是因为你不懂人间的烟火气。这就是老百姓生活本来的样子，平平淡淡的。"志国收回双手，身体微微前倾，试图调整重心，给我省一点力。

"切……"倘若换成是别人，我会喊出"有病"两个字。可面对志国，我只好忍住。毕竟他是一个盲人，而且两条腿还断了，整天待在家里，他的心思一定会比别人细腻一些。

如果是第一次见志国，恐怕很多人都看不出他曾受过重伤。他嵌在眼窝之中两枚玻璃做的眼球炯炯有神、清亮透彻。与人聊天时，志国爽朗的笑声，总令人认为他是个健康快乐的人，根本想象不到他曾遭受的苦难。

志国是一个对自身形象要求十分严格的人，这得益于每天坚持撸铁，双手强劲有力，指甲也修剪得十分整齐。即便大多数时间都待在家里、坐在轮椅上，可他每天都着一身整洁的衬衫与笔挺的西裤，皮鞋始终保持锃亮。神奇的是，他竟然能通过触感，判断他的袜子是白色的还是黑色的。每每我给他套上白袜子，他总说："穿黑皮鞋，不能搭白袜子，那很蠢。"

其实出事之后，志国也曾一度沉沦，意志消沉。他清醒的时候，就一遍遍喊着"我是废物！我是废物！活着还有什么意义?!"那一段时间，志国每日酗酒到深夜，面容消瘦、不修边幅、胡子拉碴。直到有一天，我带他复诊，路过家门外的红绿灯路口时，恰逢小学生放学，一群又一群孩子叽叽喳喳地从我们的身边经过。在欢声笑语中，志国的灵魂仿佛在这一瞬间鲜活起来一般，他忽然大笑："我不是废物！我的人生还有意义！我要走过这座城市每一个红绿灯路口，尽情享受人间烟火的美好！"

元宵节那天傍晚，我推着志国走进最繁华的步行街，出门过节的人簇拥在狭小的石板路上，一个又一个精心装扮的夜市摊位星罗棋布，各色小吃的香味裹挟着喜庆的音乐，不断刺激着我们的味蕾。"这味道真香！"虽然看不见，可志国依旧沉浸在浓郁的节日氛围中。

突然，一阵刺耳的汽车急刹声袭来，打破了节日的欢愉。一辆失控的轿车冲破路障，撞向行人，来回摆动，本就熙熙攘攘的街道瞬间乱作一团。原本的欢声笑语顿时化作惊恐的呼喊与尖叫。坐在轮椅上的志国被人群冲翻，我则被向外逃离的人群推得越来越远。

察觉到置身于人群中的危险，志国两手撑地，腰身旋转，滚到了步行街的墙边。本以为能安全度过危机，可听觉敏锐的志国忽然发现了什么——孩子的哭声。我远远望去，一个不到3岁的孩子摔在了地上，周围尽是慌不择路的游客，倘若被踩到，那可不得了！志国没有半分犹豫，两只手像狗刨一样前后腾挪，在石板上匍匐前行，竖起耳朵仔细寻找，快速向孩子的方位爬去。

一步、两步、三步……几名游客不慎踩到了志国的手和腿，不时有人压在他的背上，可他依旧毫不在乎。很快，他找到了孩子，把孩子紧紧地护在身下。他的身子如一座桥，任凭来来往往的脚步踏过去，可他依旧温柔地对孩子说："别怕，有我在！"不知道过了多久，救护车与警车赶到，才稳定了现场秩序。当我回来找到志国时，他身上脸上青一块、紫一块的，笔挺的西装已破烂不堪。万幸的是，孩子安然无恙。

我拉着他，大喊道："你不要命了！"

志国反笑道："哈哈，时刻守护我们享受的人间烟火，不就是我的命吗？"

回到住处，我打开他的衣柜，寻找可以更换的衣服。那件绿色的军装映入眼帘，笔挺、整洁，一枚勋章赫然挂于胸前，闪闪发亮。一年前，他在边疆执行任务的过程中，为了解救被困群众，失去了眼睛和双腿……

（该文发表于《中国应急管理报》）

签名

　　"唉！小芳的女儿怎么还没来呀？"

　　"5个小时前就通知她了。算算路程，早就应该到啦！"

　　凌晨3点，市中心医院的手术室外，两位大妈面露愁容。一个一身睡袍，披着一件棉大衣；另一个披头散发，夹发棒还没扯掉。二人满眼的红血丝，不住地在门口走来走去，不时望望那紧闭的门。可门里门外就好像是两个不同的世界，没有一丝一毫的联系。

　　就在二人商量后续事务之际，一个年轻女子闯了进来。她妆容精致，看得出，化得一丝不苟；穿着得体，拎着一款新包踱步而入。在她身后还有一个男子，西装革履，文质彬彬，缓缓走入，脸上的神态就像刚被人从热乎的被窝里拎出来一样，不耐烦且无可奈何。

　　"两位阿姨，我妈怎么样了？"女子向两位大妈询问道。

　　"医生说，术前准备都做好了，就差签字开始手术了！"

　　"签什么字？我来之前怎么不知道？"听到要签名，女子猛然一震。

　　"病人亲属来了吗？这些文件需要签名确认，包括手术同意书、输血同意书、麻醉同意书……"这时，一位医生走了过来，递给女子一叠厚厚的文件。

"好的!"女子来不及细看内容,忙不迭抬起笔,一份接一份签上自己的名字。可临到最后一份,她却硬生生地把笔停了下来。眼睛一转,问道:"请问医生,手术成功的概率有多大?如果手术不成功,自费的钱能退吗?"

"你这孩子问的什么话?这时候谈钱合适吗?"穿棉大衣的大妈打断道。

"您可以放心,这方面的手术,我们医院比较有经验,手术成功率大概有七成。"瞧见女子的反应,医生赶紧报出了一个看似积极的数字。

"才七成呀?"女子似乎对这个数字不太满意。

"没有手术能确保100%成功,但是如果不手术,我们不知道病人还能撑多久。"医生皱了皱眉头。

"我两个哥哥在飞机上,能不能等他们来了,再签?"

"不能再拖了,医生之前都说了,越拖病情越严重!"头顶夹发棒的大妈赶紧说道。

"可这……我做不了主呀?要是出了意外,我怎么向两个哥哥交代呀?!"

"不行呀!我的姑奶奶,是责任重要,还是你妈的生命重要?你这孩子,你妈白养你这么大了!哼!"

"那也不行,又不是只养了我一个人,还有两个哥哥呢!"女孩不服,嘟着嘴巴反驳。

"你哥哥不是远吗?事急从权,你先签字,回头再跟你哥哥说,我们都可以为你做证。哎呀,你都要急死我了!你妈还在手术室等着呢!"

"一晚上都等了,也不差这两个小时了。"女孩坚决摇头。

"要不,医生,这名我签?"另一位大妈,赶紧说道。

"您是病人的亲属吗?"医生赶紧将文件递了过去。

"她们只是我妈的好朋友,不是亲属。她们要是签了字,出了事,你能负责吗?"女孩一改刚才的无奈,语气变得强硬起来。

两位大妈诧异地看着女子,眼中充满了难以置信。

"还是等我哥来吧。"女子朝身后的男子使了使眼色。

"实在拖不了那么久了,作为女儿,你得担起责任!"医生也急了,赶忙规劝。

"吵什么吵!她都嫁出去了,还让她签名,懂不懂规矩呀!"原本一言不发的男子忽然喊道,随即拉着女子走了。

两位大妈与医生愣在原地,面面相觑。

"这该怎么办呢?"

"稍等,我先请示一下……"医生也慌了,掏出电话,赶忙联系领导。

"小芳怎么样了!"就在这时,另一位大妈推着轮椅闯了进来,干瘪的身形充满了力量。

"小芳快……"两位大妈简单地将事情的原委告诉了推轮椅的大妈。

"拿来!我签名!"推轮椅的大妈抢走医生手里的文件,医生没想到推轮椅的大妈竟还有这样的力气。

"您是病人的……"

"我是她姐，她是我妹！"推轮椅的大妈猛然喝道。

签完名，医生自言自语："真奇怪，这姐俩的姓名，竟然没有一个字是相同的。"

（该文发表于《家庭周报》）

求助

"快出来人哟！我需要救助！"

清晨不到 7 点，瘸子章老三便瘫坐在市救助站大门外，嘴里不停吆喝，时不时转脸朝向一旁的年轻男生，用热情又温柔的语气缓声教导："你要学我，如果他们不出来，就躺在地上打滚，特别是要引起旁边的行人注意……"

"好嘞！我知道了！阿嚏！"与章老三满面红光不同，年轻男生正蜷缩在轮椅上，在北风吹拂下，瑟瑟发抖，喷嚏不停。他叫小奇，二十岁上下，戴了一副黑框眼镜，虽然刻意在脸上涂了一点泥和灰，但仍然挡不住他白白净净、文质彬彬的书生气质。

这一老一少大声求助的样子，着实引人注目，若是赶上高峰期，恐怕早就引起一众行人的围观了。

果然，不到片刻，救助站里就走出了一名昂首挺胸的彪形大汉，一见来人便笑道："章老三！这才没过几年，你怎么又来了？待在老家打工干活不好吗？"

大汉是市救助站救助管理科的科长老王。他和章老三可是"老交情"了。因为章老三隔三岔五就会流浪到这个城市。只要踏入市区，他第一件事便是跑来救助站吃吃喝喝，换衣服洗澡睡觉。而且章老三还有一个特点：非软床不睡，无空调不进。可以说章老三是"职业跑站者"。

什么是"跑站"？指的就是明明家境不差，可每天依旧来往于各省各市救助站之间，骗取社会救济，靠沿街乞讨实现全国旅行的人。

见老王语露不满，章老三不慌不忙，也客套道："嘿！王科，那么早就起来了？抱歉，这次又打扰您咯！"

老王冷笑道："不得不早呀！再不早一点，你就不拍视频传到网上了吗？"此前，章老三曾因为在网上大骂市救助站见死不救而引发舆情，让老王吃过大亏。对待章老三，老王不得不小心一些。

"不敢！不敢！我们是依法寻求救助呀。"章老三满嘴阴阳怪气，从口袋里掏出随身带着的小本本——《救助管理办法》，拍了拍身上的灰尘。

起初，老王对章老三的挑衅还不以为意，可当他扭头看到了一旁的小奇，脸色顿时一变，沉言道："章老三，你自己'跑站'也就算了，还拉着年轻人，这不是祸害人家吗？"

小奇刚想插嘴，却被章老三拦了下来。

章老三对老王讪笑道："我们只是想要一点生活费回家。救助受困人士，不正是你们救助科的工作吗？"

"一个人一次两次也就罢了，可你每过一段时间就过来，现在竟然还教人'跑站'。这样下去，你是不是还准备拉帮结派？这么组团浪费救助资源，我可不答应。"老王语气一变，心中有了和章老三死磕的打算。

"你要这样,我就躺地上打滚了!被路人拍下来,发到网上,可不好吧?"面对老王的抗拒,章老三也不含糊,随即威胁道。

"打滚就打滚,丢脸的是你,又不是我。"老王不怒反笑,像一座大山立在眼前,让自知理亏的章老三不免发怵。

"嘿!那我就打电话投诉你啦!"

"哈哈!投诉就投诉!我可不怕你胡搅蛮缠!前段时间,我们已经把全国的系统信息都打通了,你符不符合受救助的条件、有没有'跑站',一看便知!而且你这次带人过来'组团跑站',就得做好去派出所的准备!"

倘若放在以往,章老三恐怕还会硬刚一下,可他今天带来小奇。章老三遂一改模样,央求道:"如果要去派出所,我去就可以了,可别连累年轻人……"

"为啥?你还知道不要连累年轻人?"看到章老三难得服软,老王也来了兴致。

"别惩罚章叔,要怪就怪我。"这时,小奇抢话道。

"你小子!大人说话,别插嘴……"章老三赶紧捂住小奇的嘴。

"为什么?"老王一把将章老三拉开,问道。

"其实我今年考上了大学,虽然村里凑了钱资助我上学,可因为我身体残疾,所以需要的生活费多一些。于是章叔就带我来,希望能通过这样的方式凑一点。"说着说着,小奇低下了头。

"这孩子是全村人带大的。他爹妈因为参加村里抗洪,早早就走了……这孩子也因为那场大灾,落下了残疾。他现在上不了大学,我这才想出这个办法。"章老三站在一旁,喃喃道。

　　听完小奇的话，老王嘴角微微颤动，沉默片刻，还是继续说："虽然你的情况可以理解，但法规就是法规，'跑站'是不被允许的，所以你们还是得回老家……"

　　"这次就不劳烦你们送了，我们自己走。"章老三难掩失望的神色，准备拉着小奇离开，却被老王拦住。

　　"不过，按规定，你们返乡，我们也会发放救助补助。"说完，老王便从口袋里掏出崭新的一沓钱，拍到小奇手里。

　　"这次怎么会那么多？"望着小奇手里厚厚的票子，章老三难以置信。

　　"那可不？你不知道，我们市的经济水平越来越高，救济金标准当然也就提高了。"老王笑了。

　　送走章老三和小奇后，一名救助站的工作人员跑了过来，与老王耳语道："王科，您给他们的钱超标了吧？"

　　"一半规定内的，另一半是我自己给的。"老王叹了一口气。

　　"您为什么还自掏腰包呢？"工作人员十分不解。

　　"如果那孩子能好好读书，找一个好工作，不就不需要救助了吗？"语毕，老王缓缓离开，不经意间露出了左脚的义肢。

　　那名工作人员这才想起来，老王年轻时也曾受过救助，所以大学毕业后才毅然谢绝了名企的招聘，来到救助站工作。

热搜

　　汪爆网娱乐快报 4 月 1 日讯：当红艺人顾云城被曝"抛妻弃子"，引发网友热议。公开资料显示，顾云城，1998 年出生于某三线城市，年少时接连遭遇父失踪、母离世的悲惨境遇，在外祖父母抚养下自学成才，18 岁参加选秀大赛夺冠，后以优异成绩考上顶尖艺术院校。苦难又励志的成长经历，使之圈粉无数，成为新一代流量明星，炙手可热。不料近日，一则"失德"新闻将其拉下"神坛"，"渣男顾云城"连续三日占据热搜话题榜首。

　　网友 3049："想不到顾云城也有'翻车'的一天。这些年，他扮演的都是高甜暖男的角色呀！"

　　网友 4363："正所谓知人知面不知心。想不到，在帅气阳光的外表下，他竟然那么不负责、肮脏龌龊。是不是因为缺乏母爱的成长经历让他的价值观出现了扭曲？"

　　网友 4909："何清遥也实在太惨了。被渣男骗身，被迫生子，事业全都毁了。孩子竟然还得了心脏病，付不起医药费，该怎么办呀？"

　　燕瑶娱乐新闻 4 月 1 日资讯：何清遥，女，24 岁，前知名美妆博主。她在 3 月 30 日公开的一篇自述博文中，讲述前年与顾云城相识，坠入爱河。顾云城还见了她的父母，声称在年内完婚。然而，顾云城在得知何清遥怀孕后，以维持形象保住事业为理由，提出分手，然后丢下二十万分手费，单方面宣布断绝联系。何清遥并没有收下分手费，而是偷偷把孩子生下来，独自抚养。不幸的是，孩子还不到 2岁，便被诊断出先天性心脏病，治疗需支付高额手术费。何清遥独木难支，遂要求顾云城支付赡养费以及医药费。顾云城态度坚决，拒绝抚养孩子，甚至安排打手恶意骚扰何清遥。

网友 5233："大家看看何清遥孩子的照片，和顾云城简直就是一个模子刻出来的。顾云城怎么能那么狠心？"

网友 3049："已粉转黑。以前瞎了眼，还买了他那么多海报和碟片。回家后，通通烧掉！"

网友 6007："顾云城的经纪团队昨天发了辟谣公告，可语义含糊，模棱两可，连经纪公司的公章都没有，一看就是做贼心虚。"

网友 6563："如果是何清遥讹他，他早就应该报警了。至少会公开发布律师函。可见，顾云城'私生子门'实锤啦。"

汪爆网娱乐快报 4 月 3 日讯：在索要医药费无果后，何清遥发文表示将起诉顾云城。同时，她发起网络捐款，希望得到社会力量的帮助，筹集医药费和律师费。截至 4 月 2 日 23 时，已筹集资金 179 万元。据了解，目前已有 12 家知名品牌商家宣布终止与顾云城的合作。由顾云城主演的电影《山城雷雨》将推迟上映。

网友 6563："大家顶起来！一起声援何清遥，声讨渣男顾云城！"

网友 6007："已举报！我们要求全网下架顾云城参演的电影电视。"

网友 8069："只要是顾云城代言的品牌我们都不买，只要是顾云城参演的电影我们都不看。"

燕瑶娱乐新闻 4 月 5 日最新消息：惊天逆转！募捐截止后，何清遥在凌晨用其个人账号发表声明，称此前有关顾云城抛妻弃子的博文"纯属虚构"，自己与顾云城并不认识。只因为孩子长相与顾云城神似，为了筹集医药费，制造热搜吸引关注，所以讹上顾云城。现向顾云城表达最诚恳的歉意。下一步将把支付孩子医药费剩下的善款，按比例返还捐赠人，并表示愿意接受法律制裁。

网友 3049："何清遥这个女人实在太恶毒了！我就说我们家的云城哥哥怎么会那么渣？"

网友 5233："何清遥是不是收钱了？我感觉不会那么简单，反正我不看好顾云城。"

网友 8819："我们粉丝团要求顾云城经纪团队起诉何清遥，誓死捍卫云城哥哥的权利。"

汪爆网娱乐快报 4 月 6 日讯：针对何清遥的声明，顾云城并没有进行回应。在沉寂多日后的公开露面中，顾云城表示，将转型参演话剧，希望观众一如既往地支持他。

随后，有记者问顾云城："这个女人让你声名扫地，你为什么不澄清，不反诉？这对你来说是举手之劳而已。"

他迟疑了片刻，眼中闪烁泪花："她一定有她的难处，才这样做的，我这也是帮她吧！"

"那为什么前几年的诬陷一案，你回击得那么坚决？你说过不要给任何坏人可乘之机的！"

　　"因为'何清遥'也是我妈妈的名字。妈妈在我7岁的时候，因为突发心脏病去世了……"

（该文发表于《三江都市报》）

投诉

　　曲师傅被投诉了，他有点儿接受不了。

　　曲师傅从部队退役后，便来到了小区工作，是资格较老的水电工之一。曲师傅服务小区多年，技术精湛、为人老实，经他手修理的水路和电路，"保质期"很长，而且曲师傅原则性特别强，能不让业主花钱，就坚决不让业主花钱，因此得到了业主的一致好评。此番被投诉，他十分不解。

　　"投诉我的陈先生看起来文化水平很高，不像是胡搅蛮缠的人，难道是水龙头又坏了？"前一天，新搬来的一家业主说，浴室的花洒出水量变小，于是请曲师傅上门维修。检查后，曲师傅便发现，这家人装修时有沙子跑进水龙头，堵塞出水口，简单疏通后便恢复如初了。

　　眼下，小区物业马上要评"五年之星"了，曲师傅答应儿子，评完奖便出门旅行。可这个节骨眼上被投诉，无疑是砸了曲师傅的"招牌"，旅行的热情也没了。

　　"不不不，不是您技术的原因，而是……您不太卫生……"物业新来的刘经理正寻思着如何组织语言，让曲师傅接受。

"不卫生？没道理呀！我是修水龙头的，不是搞保洁。难道是嫌弃我的工作服旧、工具箱脏？我这都干了那么久了，也没见人投诉呀？再说了，这和技术一毛钱关系也没有呀！"曲师傅急急忙忙地向刘经理解释。

"都不是……唉！……是觉得您嘴臭！"原来，曲师傅在疏通水龙头时，为了迅速检查是否堵塞，便用嘴咬住出水口，使劲吹气，这让有洁癖的陈先生难以接受。用陈先生的话说，感觉洗澡的时候都能闻到曲师傅的口水味。

"这……反正最后都是出水……洗一洗就没事了嘛。"自知理亏，曲师傅辩解起来也没有了起初的底气。

"毕竟，人家从事医疗行业，对卫生要求很高……不管怎么样，估计您的'五年之星'是拿不到了。希望您能想开一点……"刘经理宽慰道。

话是这么说，可曲师傅始终想不开。回到家，曲师傅便不停刷牙漱口，一口又一口的泡沫往外吐，可仍然觉得嘴不干净。

儿子看出了曲师傅的不悦，嚷嚷道，不去外地旅行了，随即拉着曲师傅就去游乐园散心。

从旋转木马到空中飞人，能玩的都玩了一遍，可曲师傅的心情还是没有恢复。回小区的路上，发现有一群路人于门口围观，挤进去一看，一老人昏厥倒地，面色苍白，气若游丝。

早年在部队的服役经历，让曲师傅意识到老人已然休克，他赶忙开始心肺复苏，对老人进行人工呼吸。

抬额、按压、呼气，来来回回数十次，一连串的急救操作，累得曲师傅满头大汗，老人才恢复了呼吸。

"爸！"此时，人群外的刘经理带着陈先生也挤了进来。原来老人竟是陈先生的父亲。

陈先生心中存谢，但他也知道因为自己的投诉，导致曲师傅失了荣誉。现在与曲师傅见面，陈先生难免有一些尴尬。二人沉默不语，不知道该如何开口。

"陈先生，您看还嫌弃曲师傅嘴臭吗？"刘经理试图用调侃缓解尴尬，想不到陈先生却一脸严肃。

"投诉，我可以撤掉……但曲师傅的确嘴臭……"

刘经理和曲师傅随之一愣，全然没想到陈先生竟如此"嘴硬"。

读懂了二人表情，陈先生叹了一口气："唉！曲师傅嘴臭不是我夸大其词。我是消化内科的医生，从曲师傅的口气中能闻出来，曲师傅的胃肠功能不太好……"

"那您的意思是……"刘经理继续追问。

"哈哈，曲师傅救了我爸，我也应该有所回报。不过，我的医院在外地，距离还不近，风景倒是不错！所以我打算请曲师傅一家来一场医疗旅行，玩一玩、转一转，顺便看看病！可以吗！"

"旅行好！旅行好！"曲师傅笑道。

网红

谁也没想到，山洪来得那么突然。

当村民回过神，跑向棺材沟的时候，已经有七八名游客被卷入滔滔洪水中。

"这该死的网红打卡点！"望着泥水交织的潮涌，几名村民怒骂道。

之所以叫"棺材沟"，源于上游处有一块飞檐状的褐色大石，前高后低，方方正正，卡在两侧石道上，远远望去就像从棺材底泄出流水一般。

由于结构特异，无论上游水流有多大，下游的水流都十分清凉与舒缓，甚至冲刷出一片鹅卵石滩，引得游人歇息游玩。不过，当上游突发山雨的时候，棺材沟的结构便失去了缓冲作用，水流便同开闸泄洪一般，铺天盖地，汹涌而下。近些年，不知道有多少村民和游客被突如其来的洪水卷走。

为此，村里和镇里特地插起数块警示牌，醒目的红字特别刺眼：此地危险，禁止逗留！遭逢意外，后果自负。还拉上了防护网，阻止游客停留。

　　奈何一些人玩心不死，越是没有开发的原生态地方，越能吸引他们的眼球。在野营网红的鼓吹下，拔掉牌子，撕开网子，自驾前来。甚至还摆出桌子、椅子，坐在最危险的下游区，纵情玩麻将和扑克，丝毫不知害怕。

　　这不，又出事了！

　　就在村民束手无策时，一道黑白相间的影子在洪水中上下起伏，引起了众人的注意。

　　人群中，有村民大喊道："这不是邻镇的小野吗？"

　　早听说，小野是邻镇出了名的网红，总带着城里的游客进山野营，惹了不少麻烦，村民已经有一段时间没见到他了。估计这次"打走眼"了，竟也被困在了洪水里。

　　活该！

　　不对！明眼人发现，洪水中，小野趴伏在水流下口的一块大石上，一手死死地抓住石沿，另一只手竟挽着一个男孩。

　　难道，这次是小野带着那群游客进山的？人命关天，村民们不愿多想，围在堤岸，纷纷抛出救生圈，实施营救。

　　一次、两次、三次……奈何水流太大、距离太远，好几次救生圈刚飞到河水中央，就落入水中，被激流带走。

　　村民们远远地望着小野焦急的表情，却无可奈何。

　　只见小野紧紧地抱住男孩，试图站起来，可身下的岩石却有松动的迹象，尤其在洪水的冲击下，扑腾不止，一不留神就可能连人带石滚入水中，最后不得不放弃。

　　男孩把脸埋在小野的怀里，不知道是因为惊恐还是哭泣而微微颤动。小野随即轻轻地拍打男孩的背肩，嘴边轻轻地诉说着什么，似乎在尽力安抚。

"这应该是他的儿子吧?"

"孩子那么小，怎么就带到这儿呢?"

"他怎么就那么不要命!"

周围的村民不禁叹息。

眼瞧水流越来越大，村民想尽办法施救，终于把唯一一条绳子抛到河心，被小野抓住，一套安全护具顺着绳索，送到小野手里。小野将绳索高高举起，迅速给男孩穿上护具，鼓励男孩爬到对岸。

男孩却死死地抓住小野，嘴里分明喊着:"我不，要走一起走!"

小野呵斥道:"赶紧走! 没时间了!"

可男孩依旧拉着小野，不肯松手。

就在两人推让间，他们身下的石头竟被洪流冲垮，二人随即消失在水流中……

事后，当地报纸登载了一则消息:本地网红青年小野，前年曾带着妻子和儿子于山中野营，突逢山洪，仅小野一人活了下来。这两年，小野成了义务劝导员，专门劝说来这里打卡的游客。可是却阻止不了来这里游玩的人，只好悄悄准备营救工具，随时准备搭救落水的游客。两年来，小野救下了十三个人，而这次因为抢救一名落水儿童，不幸遇难。

后来又听说，其实那名男孩也是一个苦命人。母亲意外去世后，他被继父嫌弃。年前，继父组建了新的家庭，这次到棺材沟，原本是准备将男孩遗弃，结果却遭了意外……

违章

"老公，你的车上怎么会有血迹？"下楼迎接虹宇的妻子发出一阵惊呼。

"血迹？怎么会有血迹？"虹宇回头，两条如梅花般绽放的斑痕正印在前车盖上，液体沿车身向前滑落，穿过前车灯，留下一抹暗影。他才发现前车灯已然凸起变形，便下意识将其摁了回去，而这一幕也被妻子捕捉到。

"这是怎么回事？"妻子的紧张写在脸上。幸好临近深夜，小区停车场里面没有人，灯光也不太亮。

"没有撞人！如果真撞上了人，我肯定能发现！"如果真的撞人，虹宇不可能如此若无其事。不过，虹宇自己并没有意识到，自己矢口否认的语气是多么不可信。

"走，快上楼！"妻子拽着虹宇往家里赶。妻子心知虹宇平时滴酒不沾，可仍然忍不住翕动鼻子，去闻虹宇身上有没有酒味。

倘若在平时，虹宇早就生气了。可不自觉的心虚感，让他不由得闭上嘴巴。

"我只记得，开车走了朝阳路、白龙路还有文明东路。今天精神

状态还不错，不困也不累。"躺在沙发上，虹宇用仅剩的印象反复推敲着下班后的行车轨迹。可日复一日地两点一线，虚实记忆来回交织，让他也分不清哪一段记忆是昨天的，哪一段记忆是今天的。

"你肯定又玩手机了！"妻子怒斥道。

虹宇这才猛然记起来，在开车路过白龙路时，他右手握着手机敲打键盘，左手把着方向盘。刚好妻子发来信息，在他低头的一瞬间，车子明显颠簸了一下，可沉浸在聊天中的虹宇并没有在意。

虹宇开车时有一个很不好的习惯，每逢红灯停车，他都会刷上一阵短视频，发上几条语音信息，打发这几十秒的时光。为此，坐在副驾驶座上的妻子没少斥责他。

难道是那时候？虹宇不敢多想，匆匆忙忙洗完澡，躺到了床。对他而言，解决问题的最佳办法，就是忽略问题。毕竟，是福不是祸，是祸躲不过。明天的事，等明天再说吧，现在急死也没有用。

妻子背对虹宇，侧卧床边，不停地轻拍摇篮里熟睡的小儿子，好似刻意回避丈夫。虹宇掏出手机，不自觉地翻阅起短视频。手机似乎感受到他的焦虑，有关交通事故的新闻图片一张接一张地推送过来。望着手机中悲惨的一幕又一幕，虹宇默然无语，这才发现妻子身体正微微颤动，好像在无声地抽泣着。

"你下去，把血迹擦掉……趁没人注意……"良久，妻子忽然伸出手拍了拍他。

"好……也许……"虹宇硬生生地把下半句咽了回去，心中暗暗祈祷，也许没有目击证人，没有摄像头。

虹宇提着一桶水，拎着毛巾走下楼，把车开到一个无人无光的角落，打开手电筒，默默地擦着车上的痕迹。扣扣擦擦中，虹宇忽然发现这"血迹"不太一样，触感又干又硬，颜色并不鲜红，凝结的颗粒如胶质，如碎玻璃一般斑驳。

虹宇放下水桶跑上楼，冲进房间，决心撒一个谎，欺骗自己。

虹宇假装发现新大陆一般笑了笑，朝妻子说："我刚刚尝了尝，那估计不是血渍。可能刚刚回来的时候光线不好，我们都看错了。"

想不到妻子已然起身，手机屏幕的灯光将妻子的脸照得惨白。虹宇只听见，一段手机播报自妻子的手机中响起：两个小时前，我市白龙路发生一起交通事故，监控显示一辆白色轿车将路过的行人撞倒，并若无其事地逃离现场……

虹宇呆住了，竟然真的是他！

那晚的夜过得格外漫长。虹宇和妻子从童年聊到了大学，从相识聊到相爱，从孩子的出生聊到孩子的未来。

早晨，虹宇刮干净胡子，换了一身体面的衣服，将钱包、存折、银行卡统统留给妻子，便徒步走向交警队。

"自首？您说您要自首？可昨晚的肇事司机已经抓到了呀！"虹宇表明自首的来意，可接待他的警官却语出惊人。

"啊！是我弄错了吗？"

"刚刚我查阅监控，发现你在开车时，的确在玩手机。虽然没撞到人，但是蹭到了树墩。按《道路交通安全违法行为记分管理办法》第十一条之"驾驶机动车有拨打、接听手持电话等妨碍安全驾驶的行为的，一次记3分……"

走在回家的路上，虹宇注意到，在浓烈的阳光下，景观树的树脂一滴一滴落下，落在树下的白色轿车上，绽放出暗红色的梅花印，一如他此刻的心情。

箫声

从没想到，在地下停车场还能听到《日暮云林》的箫曲声。物业真的听从我的建议，在地库装了"园林音响"吗？

今夜大雨，我难得把车停进小区的地下车库，便被这突如其来的箫声吸引住了。最近小区的三期工程正在开建，白天叮叮咚咚的装修声十分恼人。而此时，悠扬的箫声就像久旱后的甘霖一般飘进我心里，涤净耳根尘埃。

雨越下越大，风越织越密，积水由库门顺势而下，沿排水渠流遍地库，回荡出一片清明，自然之声与萧瑟之声交融，让人宛如置身山间洞天。

顺声寻觅，在库门下的避风处，看到了这位陌生的吹箫人，原来是一名汉子。黝黑的皮肤，发白和微卷的发梢，发黄的白T恤看不见纽扣，墨绿的小短裤沾满泥渍，两只拖鞋一蓝一黑，破旧得如从垃圾堆里翻出来的一样。一双干裂而有力的手，扣在一根半人高的玄色竹箫上。他双目紧闭，沉浸在箫曲声中。我不敢打扰，悄然而去。此后，每逢雨天都能在地下车库听到那熟悉的箫声。

某晚，吹箫人被其他业主发现，沉寂许久的业主群开始热闹起来。

业主 A 说："箫声真的美绝！与环境浑然一体，我都录下一段传到网上去了。"

业主 B 接茬："是呀！是呀！晚上走进地库，听到箫声，感觉整个小区都有一种高级感。"

业主 C 有不一样的想法："只有下雨天的晚上，才能看到那个吹箫的男人。看打扮，像捡破烂的。"

业主 D 则断言："应该是附近的务工人员。虽然会吹箫，可应该没什么文化。"

业主 E 有些担忧："晚上才出现，怪让人担心的。小区里的小孩那么多。"

业主 F 悠悠道："害人之心不可有，防人之心不可无。地下车库没有手机信号，万一是个危险人物，我们想报警都难。"

业主你一嘴我一嘴讨论起来。此后，那名吹箫人再没出现过。

后来才知，那一晚，群里有业主找到物业投诉，物业旋即找施工方反映，施工方立即找到了民工中唯一一带箫的人，并将他赶回老家。地下车库又恢复了原先的静谧与燥热。再后来，小区三期工程交房，民工离开，地库更新门禁，请来保安巡查，就再也没有外人进来过。

某天夜里，又逢大雨，回到车库，又听到那一阵箫声，还是熟悉的《日暮云林》。我循声而去，找到的只有物业安装的新音响。

（该文发表于《微型小说选刊》）

纸巾

　　这是一家坐落于 CBD 商圈的面馆，名字很奇特，叫"一身汗"。

　　听说店老板一家来自重庆，去过湖南，游过宁夏，制面手法十分独特。一勺大骨汤，一瓢牛肉片，加上特制的辣油，辅以麻椒、葱花，一勺面配一口汤咽下去，食客免不了喊一声"舒坦"，出一身汗，这就是店名的由来。

　　面馆面积不大，一间门面，八张桌子，十六张椅子。虽然地段不错，可面价不高，所以每到饭点总挤满了人。来往的食客多为周边上班的公司职员，而小张属于这家面馆的常客。

　　正值立夏，午后艳阳高照，小张下班午休。本以为能借着吃面的机会，蹭一蹭空调，想不到一进门，一股热浪迎面袭来。原来是商厦的中央空调坏了，周边十余家餐馆店铺都被裹在热浪当中，这下可难受了。

　　小张好不容易找到一张空桌坐下，一个秃头大脸男竟端着一碗面挤了过来。"兄弟，介意拼桌吗？"没等小张反应，那位秃头男便坐在了对面，自顾自地大口嚼面，嘴上还不停地发出吧唧吧唧的声音。

　　小张原想抗议几句，可看到对方的打扮，又不得不把焦躁的情绪压下来。心想，那么热的天，别给自己找麻烦。只见这秃头男，深灰休闲裤，豹纹 T 恤衫，左臂纹了一朵黑玫瑰，脖子上的假金链子一闪一闪，一看就不像寻常人。

同样难耐的还有店里其他七桌的客人。其中一位小朋友，喝一口热汤，吸一股鼻涕，同行的家长，不得不来回跑动，到收银台前，找老板一张一张索要免费的纸巾。看着店老板抠门的样子，小张满脸不舒坦。这下，拥挤的面馆变得更加燥热了。

"老板，还有没有纸了？"一口面下去，涌出来的汗渍沁满衣襟，小张也站起身，索要纸巾。

"不好意思，今天的纸巾就那么多了。"店老板抓起空荡荡的纸巾包，一脸讪笑，但看不到多少歉意。

"那我买一包？多少钱？"小张的语调略带不满。

"收费的纸巾两块钱一包，现金还是微信？"店老板的眼睛顿时放出了光彩，仿佛要捡到大便宜似的。

"啥？怎么那么贵？"小张瞪着店老板，难以置信。

"我说老板，怎么就不能多备几包公用纸巾呢？"秃头男忽然站起来抗议道，引来其他食客的侧目。

"这位兄弟，你看我们小本生意，免费纸巾不敢备太多，请谅解。"店老板抛出早已准备好的回复。

"嘿，你家一碗面 15 块钱，除去面钱、肉钱、油钱，还能赚 5 块钱。"秃头男抄起空纸包扔下桌子，继续道，"你这小包抽纸，单卖价一包 1 块，批发价一包 8 毛，一桌一包能亏死你呀！"秃头男毫不留情怼了上去。

"这不，节能减排嘛。"店老板不敢直视光头男，低头佯装清点零钱，赔笑道。

"你不知道你们家空调坏了？你看看孩子都热成啥样了?"秃头男指了指鼻涕直流的男孩。他的仗义，得到周围人的赞同，引来几声叫好。

"其实，以前我们每天都放三包纸巾。不过有一些客人可能觉得纸巾免费，整包整包带走，我们就不敢放太多了。"店老板的头更低了，眼神有意无意瞟了瞟秃头男。

"咋的？你是说我们这些客人素质都那么差吗?"听到辩解，秃头男立即拔高声调。

"不是！来者都是客，怎么敢呢?"面对秃头男的咄咄逼人，店老板显得招架不住。

"我知道你们做生意难，不过，天气那么热，汗那么多，多备几包纸巾，服务好一点，以后我们常来嘛。"秃头男的语气也缓和了下来。

店老板叹了一口气，向后厨喊道："阿娟，赶紧拿几包纸巾出来，一桌一包。"只见老板娘满脸不情愿，提了一打纸巾出来，又匆匆进了后厨。见到一包纸巾，男孩忍不住呵呵地笑了起来，喊了一声"真舒坦"。秃头男也跟着露出胜利的微笑，坐下来收拾完碗里的残面，在其他食客的目送下匆匆离去。

小张不由得心想，人不可貌相。

看到秃头男离去，老板娘才走出后厨，止不住地嘟囔。小张分明听到："唉，那个光头又来蹭纸了！这都第几回了？一包一包拿。"

　　小张回头数了数，8 张桌子 7 包新开的抽纸，仅有自己这桌的那包没了影子。想一想刚刚的秃头男，小张忍不住又流了一身汗。

（该文发表于《三江都市报》）

鱼钩

"嘿！老张，马上过来帮忙。又有一位客人的鱼钩挂树上了。"电话那头传来刘助理急促的求助声。

"挂就挂了呗！他们自己甩竿水平不行，就别烦我们。"坐在躺椅上的老张怨怼道，手指头依旧在手机上划个不停。

"别忘了，修剪枝条可是你的事。上周一位老顾客的钩也挂树上了，给我们渔场打差评，还发到网上，老板好不容易才搞定。你再磨叽，小心老板把你开了。"刘助理略带威胁道。

"好！我马上过去。"磨蹭了半天，老张这才从躺椅上翻下来，晃晃悠悠朝鱼池走去。

老张虽然不是钓鱼场资历最老的员工，却是做派最"老"的员工。他一不撒料，二不清池，唯一的业务便是"修树枝""捡鱼钩"。可他却还嫌没有技术含量，对工作爱理不理。

好不容易走到钓鱼场，只见刘助理早已扶着一架人字梯，满脸是汗。

"老张，我扶着梯子，你上去取一下。或者你扶着梯子……"

老张看了看一眼繁茂凌乱的树杈，又望了望艳阳高照的天空，未等刘助理说完，便打断道："你和老板说一下，那棵树是百年榕树，金贵得很，强行拆下来，伤枝叶，败财气。"瞎扯一通后，随即挥挥手，转身离去。

刘助理也不惯着老张，拉住衣角，继续说："老板让你来干，就是为了让你长记性！如果你不取，就扣你工钱。刚想起来，老板找我有事，你就自己干吧！"话说完，刘助理便抢先离去。

"啧！"老张一声弹牙，不得不爬上人字梯，这才吓一跳。一条细长的渔线将几根树杈紧紧地缠在一起。别说鱼钩了，连浮标都找不着。

老张原打算一段一段将渔线拆开，可不到五分钟便失去了耐心，抄起大剪刀，便是一通乱剪。终于发现鱼线、鱼钩了，他刚要伸手去拿，鱼钩却被弹开的枝条甩了出去，向鱼池飞去。

"呸！早知道，就该把你砍掉……唉！鱼钩没了，这该怎么办呢？"老张将大剪刀狠狠地插在树枝上，背靠扶梯，喃喃道。

老张沉思片刻，灵机一动，跳下梯子，竟然在树底下找到一枚埋在土里的锈鱼钩。他打电话给刘助理，自豪又骄傲地说："告诉老板，鱼钩我找到了。费老大劲！老板必须得给我涨工钱。"

"太好了！刚刚老板打电话来说，丢鱼钩的客人可是市里的王总！有名的土豪！你看那枚鱼钩是不是纯金做的？上面还有什么国外顶级大师的签名。到网上能卖上十多万！"还没等老张反应过来，刘助理便挂断电话。

这可把老张吓坏了，如果让老板知道他骗了客人，还不得扒下他一层皮！

老张赶紧脱下衣物，跳进鱼池里，拼命挖泥翻找，手掌和手臂被池底的石子划破了几道口子。然而，大海捞针，谈何容易。

不到片刻，老张就爬上岸，瘫坐在榕树下，大口大口喘气。一想到可能被扣工钱，愤怒间，老张一拳头砸向树干。树干晃了晃，树枝上的剪刀掉了下来，差一点划伤老张。老张也顿时有了盘算。

只见他举起剪刀，眼一闭，牙一咬，竟在大腿上划出一道口子，血不住地往外流。老张扯下背心，胡乱地包住伤口，又连忙打电话："刘助理，我在拆鱼钩的时候，不小心弄伤了腿。你得和老板说，报我工伤，给我一点补贴……也不多，五六万就好。"

刘助理沉默了片刻，问道："怎么那么巧，老张你不会是没找到鱼钩，怕老板扣你工钱，所以来一场苦肉计吧。"

老张慌了，解释道："怎么可能？我怎么可能那么傻？"

刘助理说："我想也是……不管怎么样，你的伤得好好治，鱼钩也得交出来。"

挂断电话后，老张叹了一口气，就这么光着膀子在池边踱步。忽然一阵刺痛从脚底传来。捡起来一看，竟是那枚鱼钩！

正当老张庆幸的时候，刘助理的电话来了："老张，王总主动联系我们说，如果鱼钩拿不下来就算了，权当留给我们做纪念。不过，老板觉得，还是给人家送过去，显得有诚意……"

老张待了一会儿，眼珠一转，计上心来，幽幽道："麻烦和老板说一下，取钩子的时候，钩子不小心掉进鱼塘里了，现在又找不着了……"

"嘿！怎么又找不着了，你是听说鱼钩值钱，存心要自己留下吧！

我会向老板汇报的。"刘助理啪的一声挂断了电话。

"呸！告状就告状，改天我把这鱼钩卖出去，老子就辞职不干了！"

阳光下，鱼钩闪闪发亮，老张一脸贪相，擦干鱼钩上的尘土与血迹，竟学着古人的样子咬上一口。想不到，竟将一层皮蹭了下来。

老张蒙了！

原来，这鱼钩不过是铁钩涂上一层金色漆罢了。

（该文转载发表于《微型小说月报》）

第三辑　撒一把海盐 听一听风声

海风最迷人
寄托沉思和遐想
朝窗外撒一把海盐
让见不到海的人
感受一下远方的美妙

星际快递

"去他的'使命必达'!"仲升残留的一只手狠狠地敲在医疗舱的标语上。万万没想到,一次平常的星际快递配送,竟使他陷入绝境。

"莫,还剩多少能源?"望着近端恒星上闪耀的黑斑,仲升瘫坐在地,悠悠地向智能助手发问。

"您已休眠 103 年 7 个月,由于能源回收系统失灵,目前储能仅剩 1.3%。"智能助手的答复没有一丝情感波动。

"距离航行目的地还有多远?"仲升试图打起精神,设计航程。

"距离 M34-4602151-B1 约 331 光年。"智能助手用曲折的线条标绘出虫洞穿越的预设轨迹。

"那距离母星呢?"仲升叹了一口气,用嘶哑的声调继续催问。

"距离开普勒 22b 约 307 光年。"而这次智能助手并没有标绘预设轨迹。

一百多年前,仲升带着快递从母星启程,不料遭遇伽马射线暴。逃出后,又遭遇异形星际海盗埋伏,在激烈反抗过程中,船员全部身亡,身为船长的仲升也受重伤,不得不进入医疗舱休眠。

然而,飞船破损严重,即便医疗舱有隔板防护,也挡不住宇宙辐射,

仲升身上每一颗细胞都已变异。望着观察窗中那副人不人鬼不鬼的面孔，他深知所剩时日不多，可余下的能源只能支撑一次空间跳跃。

下一步，在茫茫星海中，寻找易居行星采集能源？或是继续休眠等待救援？还是关闭维生系统，自生自灭？仲升踌躇不决。

仲升顺手挑起快件密封箱查看，这是本次航行唯一的运单。仲升依稀记得，寄件人是一位历史学院的老教授，他一次性支付了整趟航行的所有费用。

那时候仲升还打趣道："如果我失手，老教授您一生的积蓄可就算投入黑洞了。"

老教授则笃定地回答："你是你们公司头号快递员，我相信你。"

"我是头号快递员，我从没失手，我的名字一直悬挂在公司大厅中央。即便逾期也得完成配送，不是吗？毕竟我答应了那位老教授。"远方一颗恒星坍塌，急速释放出光波，紫色、红色、白色相间的斑痕穿透仲升的眼眸，在他的瞳孔中泛起阵阵光彩。

"记录显示，下达订单时，寄件人已经 83 岁了，依照健康情况分析，他根本就没有做好收到回执单的打算。"智能助手冷冷道，"我提醒您，时间已经过去 103 年，您不再是头号快递员了。公司是否还存续，也无法判定。您过去常说，宇宙航行史从不留下失踪者的名字。"

智能助手的话语如一记重拳敲在仲升半软化的头骨上。

智能助手继续道："563 年前，地球在核战争中毁灭，大多数人迁居太空。即便你赶去地球，飞船也无法抵御大气中弥漫的有害粉尘……人类不该被无谓的允诺束缚了人生。"

仲升才想起，本次航行的目的地 M34-4602151-B1 就是人类的起源——地球。

"生存还是毁灭，这是一个问题。"仲升喃喃道。

"莫，那我应该去哪？"仲升掏出藏在胸口的照片，呆呆发问。

"以普遍的理性而言，您应该回家。'落叶归根'是人类未曾放弃的本能。"

"回去吗？我的妻子或许早已离世……不过，我的女儿或许还活着，或许还在等我……莫，你说得对，我应该回家，回到母星……把他们也带回去。"照片上，正是出发前仲升与妻子、女儿还有一众船员的合照。

失神间，密封箱从手中掉下，腐朽的金属外壳顿时碎裂，弹出十余封纸信札。

仲升一张一张地捡起来看，泛黄的纸片上竟是用楔形字、象形字等数百种文字写下的相似短句。

其中，他仅仅认识一句"I miss you"。

原来这些信，是数十代离乡人类写给地球的思念。

沉思片刻，仲升下达命令。

"指南者Ⅷ型飞船1877号启动，全速启航，目标地球。"仲升语调颤抖，却没有半分犹豫。

"您的命令违背了阿西莫夫三守则……我不能让您放弃生命。"智能助手断然拒绝。

这时，仲升跳过医疗舱，坐上驾驶位，用残存的一只手，紧紧握住操作杆。"去他的守则！给我换手动航行模式！别忘了我们的第一宗旨——候鸟快递，使命必达！"

（该文发表于《三江都市报》）

驯服

　　"嘿！你听说了吗？浦斜原来出自'捕蛇世家'，就是《捕蛇者说》里提到的那个家族！"

　　"哦？那他为什么到我们这工作了呢？"

　　"嗨！那还不是因为大多数野蛇都被列为国家保护动物了吗？继续在乡下捕蛇，可是要被判刑的。所以，他只能到我们城里打工。可惜他没有一技之长，处处碰壁，好在有那个当门卫的亲戚介绍，才到我们这里当园艺师……"

　　其实，在浦斜眼里，园艺师这份工作听起来不错，可实际上就是给草坪浇水的。一个人管 10 亩地，每天顶着炎炎烈日，拎着厚重的皮管，从东头走到西头，又累又枯燥，工资不多不说，还屡屡挨批评。

　　前些天，又逢高温天气，浦斜中暑休息，西南角的草坪没来得及浇水，枯死了一小片，物业经理依旧当着众人的面斥责浦斜偷懒。浦斜脸色苍白，满头大汗，有苦说不清，只能躲在小屋子里向老家人抱怨。

　　"三叔，在城里太苦了！我想回乡下创业，好不？"

"说什么蠢话！你想回乡下抓蛇，然后被警察抓走，关进牢里？在城里给我好好干！净给我扯一些没用的……啪……"电话被挂断了。

"我这一辈子就要这么度过了吗？"就在浦斜发愁之际，"砰"的一声，水龙头的阀门突然崩断，凶猛的水流倾泻而出。浦斜跑来帮忙抢修，可连着水龙头的皮管在水流的冲击下，来回翻滚，像一匹未被驯服的烈马，怎么抓都抓不住。望着眼前一幕，浦斜忽然有了点子。

此后几天，浦斜仔细观察水的流速，计算出水的压强，重新布置管线，做了一个总阀口，将散落的水龙头聚在墙角一处。随后，浦斜便将皮管掐出斜角，抛在草坪上。打开水龙头后，滚滚水流自管口喷出，皮管就在反冲力的作用下，如一条灵动的小蛇左右摇摆，向后腾挪，形成一个自动浇水的扇面，慢慢地将一片草坪浇完。此时，浦斜就端坐在总阀口处，哼着小曲，玩玩手机，悠悠道："我可把皮管给驯服了！"

随着浇水技术的不断改进，久而久之，浦斜逐渐能通过掌控总阀口的流速，控制七八根皮管的方向与停留时间，原本需要拉着皮管走一天的活，现在只需要坐在墙角等半天就完成了。效率提高后，浦斜便利用时间看书学习、访友喝茶，日子过得好不快活。可万万没想到的是，浦斜浇水的一幕竟被人拍了下来，报告给领导。物业经理随即将浦斜召了过来。

"老浦呀！听说你把皮管丢在草坪上，没有关水，是吗？"物业经理一脸高深莫测，询问道。

"是呀！领导，我告诉您，这样可方便啦……"浦斜眉飞色舞，

以为物业经理要表扬他，可话没说完，就被打断了。

"有你这么干活的吗？让你给草坪浇浇水，多简单呀！偷懒不浇水也就罢了，还不关水，浪费公司的水资源！别人都看不下去啦！"物业经理拍案而起，厉声斥责。

"经理，您听我解释……"

"还解释啥！你被开除了……"

就这样，浦斜灰溜溜地返回了老家，他被开除的故事也一时被传为笑谈。

"好几次和他说，让他专心浇水，他偏不听。你看看，他耍小聪明被开除了吧！"

"是呀！是呀！其实，他那个做法，我早想到了！但我没敢干。因为，只有听经理的话，跟着上级的思路走，才有工钱。"

"我还听说，新来的园艺师很有创意，申请两三万经费，搞了一套半自动灌溉系统，喷出的水雾哗啦啦的，可漂亮啦！"

"确实漂亮。唯一的缺点就是把地插喷头挪来挪去，比较麻烦。"

"瑕不掩瑜嘛！对了，那老浦最近咋样呀？"

"哦！听说，他回老家后创业，干起了老本行。就是驯蛇、养蛇、卖蛇之类的。赚得似乎还不少……"

顶端纪元

"吱呀"一声，家里仅剩的一根下水管忽然化作齑粉飘走，流水和碎叶散落一地。12 岁的小戎立即蹲下，收集四散的湿土。他时不时抬头望向窗外星空，闪耀的白洞下，被沙暴掩盖的北方古迹仍然不见踪影，眼泪顿时溢出眼眶。

"是不是下水管又碎了？"爷爷从身后的帐篷中缓缓走出。

"对不起！没控制好水量。"小戎不敢回头，赶紧擦掉泪痕。

"没事！明天我再到北方古迹挖一挖，看能不能找到铁片，再做一根。"看到小戎神色异样，爷爷将其揽入怀中，安慰道。

沉溺在爷爷温暖的怀抱中，小戎的眼泪又流了出来，不禁问道："爷爷，为什么我们活着那么辛苦？"

爷爷望了望天边，又看了看小戎，悠悠地说道："你长大了，是时候知道我们顶端人的历史了。"于是，抬起手，指向古迹，"你知道那原来是什么吗？"

小戎思考片刻，摇了摇头。

爷爷沉吟道："那里曾经是我们顶端人最伟大的城邦……"

"我们顶端人起初非常弱小，在原生植物文明的压迫下，仅能依靠母星释放的微弱热能苦苦求生。经过多年发展，科学家发现，母星与周边星系，正处于极北白洞与极南黑洞之间的一个巨大粒子场域中，科学家将这个巨大粒子场域命名为'周饶场域'。场域中，由白洞释放出的庞大活性能量与熵化物质则被统称为'息壤能源'。"

"后来，科学家自远古的未知遗迹中，发现了能顺利采集息壤能源的技术，继而实现能源革命。在长达 109 年的统一战争中，我们依靠能源优势，消灭了原生植物文明，统一母星。历史学家亦将那一年称为顶端元年。"

"我们扩大摄取白洞的馈赠改造母星，又将再度熵化后的残余物质从黑洞运出。对息壤能源开展循环又清洁的开发，推动顶端文明的科技高速发展。我们制造出穿越大陆的网道，我们开发出操控气象的卫星。我们的社会依靠人工智能，实现高效管理。我们在器官移植与更新中拥有了近乎不老的寿元。人口急剧膨胀，又促使我们剑指星辰大海。顶端纪元 151 年至 331 年，我们占领并改造了周饶场域中的1627 颗星球，消灭了其他威胁顶端文明的异形种族。"

小戎不由得跳起来，自豪地说："原来我们顶端人那么厉害。"爷爷笑了笑，继续说着。

"顶端纪元 443 年，进一步研究发现，息壤能源并非纯天然的原始物质，在夸克层面有高超科技开发利用过的痕迹。科学家由此推测，正是沐浴在息壤能源当中，周饶场域中的各星球才能演化出生命。在白洞的另一头，必定有一个高维文明。猜想公布，便引发了巨大的社会震动。讨论多年后，几乎所有人都倾向于顶端文明应当向高维文明通报自身的存在。"

"于是，我们制作出一批衰变期极长的逆向粒子，将文字、绘画、音乐等文明成果都标记其中。又耗费了 17 颗宜居星球的资源，在白洞与黑洞之间，搭建了一条粒子加速航道。运用白洞的排斥力与黑洞的吸引力，循环加速逆向粒子。终于，在一片能量爆炸中，将逆向性粒子运送至白洞的另一头。"

小戎惊诧地问道："实验成功了吗？"想不到，却迎来爷爷一阵苦笑。

"所有人都没有预料到，实验引发了白洞能源环的激烈震荡。原本源源不断的息壤能源迅速衰竭，我们陷入了持久的能源危机。有人懊悔实验，有人陷入疯狂。在思想争论与能源争夺中，血腥内战爆发了。17 年的疯狂绞杀，约 79% 的顶端人在战争中遇难。"

"顶端纪元 547 年，余下的顶端人重启和平协议，开始探索新型能源的利用方式。正当所有人以为幸福即将回来的时候，一股无法阻挡、无法解析、不可名状的澎湃粒子射线从白洞中倾泻而出，在片刻间便清洗了周饶场域中的所有星球。科技设备失灵，合金建筑解体，大批生物因急速变异而死去，仅剩下少之又少的生命。"

小戎兴奋地直呼："难道是高维文明侵略我们了吗？"

爷爷没有立即答话，眼神中飘过一阵黯然。

"后来，幸存的科学家猜测，或者是，顶端文明的存在，阻碍了高维文明借白洞向黑洞排泄残余资源；或者是，那些我们向白洞传递的信号，在高维文明眼里，不过是滋生不快的'恶臭'。综合各类迹象看，对高维文明来说，周饶场域不过是他们向黑洞排泄富余物质的'下水道'，而顶端文明不过是腐生于'下水道'的'臭虫'。不知过

了多久，顶端文明最伟大的城市也被分解掩埋，文明陷入荒芜。"

听完顶端文明的故事，小戎久久不语，表情一片怅然。

爷爷鼓励道："别泄气，我们要坚持活下去。不屈才是我们顶端人最大的财富。"

"爷爷，我一定会找到复兴顶端文明的方法！"小戎转过身，无比坚定地说。

这爷孙全然不知，就在他俩谈笑间，远方的白洞忽然散发出别样的光芒。他们脚下碎叶中的绿色细胞，感受到一股能量，亦开始急速分裂、进化……

飞鱼

这个男人的身体重重地摔在海面上。呛水带来的窒息感促使他拼命游出水面，抓住眼前唯一一件漂浮物。

不顾海浪拍打眼球的刺痛，男人勉力吸一口气，氧分子迅速充盈他的大脑。他这才发现，自己握住的竟是一块一臂长的卫星锅。

我是谁？为什么在这？这个卫星锅又是从哪里来的？

男人挣扎地向四周望去，既没有轮船，也没有飞机，更没有海岸线，海面上空荡荡的。而他全身上下，仅穿着一条灰黑色的泳裤。炎炎烈日灼烧皮肤，刺痛感提醒他：这不是做梦，他还在地球上。

男人依稀记得，自己是一名游泳冠军，还有一位美丽的妻子，生活幸福又自在，不可能自寻短见。

男人想回家，可他并不知道该往哪里游。

霎时，海面上忽泛粼光，一群飞鱼向他袭来。

男人下意识拿起卫星锅，试图躲避飞鱼。可飞鱼对他并不在意，而是从他头顶越过，直奔远方。

既然没有方向，何不跟着飞鱼前进？锁定目标，男人拆下泳裤上的松紧带，将卫星锅绑在身后，循飞鱼方向游进。

虽身负重物，却丝毫不影响男人的帅气泳姿，身体轻盈如同划过海面的水漂，体内每一个细胞都在欢呼雀跃。

海浪间海风穿梭回旋，天地间独留男人和飞鱼。神奇的是，男人既不会渴，也不会饿。游累了，便趴在卫星锅上休息一阵，回想妻子的脸庞以及夺得金牌的喜悦。飞鱼也仿佛受到感召，围绕在他身边恬憩。

就这样，不知划过多少昼夜，游过多少海里，蹚过多少激流，男人就这么前进着，惯性般前进着。他逐渐放弃了思考，放弃了过往，只一心一意划水，重复着已训练数十万次的动作。

忽然，一声惊雷刺穿浪花。前方的飞鱼本能地感受到危险，纷纷停止前进，跃然于水面。男人抬头，暴风雨要来了！

漆黑的乌云凶猛而至，俨然化作巨兽，狰狞地冲向男人。面对避无可避的灾难，他呆若木鸡，一瞬间失去反抗力。

暴风将男人高高卷起，又重重摔下，周而复始，循环往复。

不知过了多久，一阵刺痛将昏迷的男人唤醒。

用尽力气睁开眼睛，他惊恐地发现，自己浮在血泊中。无数飞鱼，被暴风雨击倒。

右手还在，左臂没了，左腿还在，右腿没了。

而那被暴风雨击碎的卫星锅，正散落在身旁，些许碎片嵌进伤口。

他痛哭，咆哮着诅咒这陪伴他许久的卫星锅。

四肢不全，他该怎么游回家？男人静静浮于海面，迷惘了。

暴风雨后，海面依旧炎热，目视烈日的双瞳逐渐泛白。死去的飞鱼相继沉入海底，如鲸死后沉入大海一般回荡出生命的绝响。

忽然，轻盈的拍打声传来，试图钻入男人的大脑。

男人扭头望去，一条断了翅膀的飞鱼，挣扎地向前跳跃。笨拙、脆弱，而又坚强。

男人被这股生命力所感染，高喊道："没了翅膀，你依然是游泳冠军！"

他扯下伤口的碎片，撕断下身的泳裤，用粗糙的布条固定残肢。左脚踩水，右手划水，放弃一半的呼吸，放弃一半的思考，紧紧跟着这条"引路鱼"，向前游去。

渐渐地，男人熟悉了半身游进的泳姿，熟悉了单边呼吸的节奏。他游得越来越顺畅，也越来越快。

此时，天边的乌云再度聚集，暴风雨又将袭来。

这次，男人没有怯懦，没有退缩。他超过断翅的飞鱼，径直冲入云海。刹那间，他消失在天边。

熟悉的呼唤声，将男人再度叫醒。

男人用力睁开眼睛，眼前是一位美丽的女性。

她告诉男人，两年前，一场龙卷风袭击了他们家。男人被卫星锅削断了右腿和左臂。这两年，事业受挫的他每天都在痛苦中度过。于是，她联系科研团队，运用脑机结合技术，将男人的意识投入元宇宙，在那里制造猛烈的刺激，引导男人再度熟悉游泳。

如今，终于收获成果。而"飞鱼"正是男人在运动界的绰号。

（该文发表于《华西都市报》）

归宿

"雪中猎户来呈虎，月下田夫走献麋。讳道山成应不得，关东谁肯有书题。"邯郸城外的官道上，一精壮男子挑一根竹竿，携一只野鸡、一只野兔、一匹土麋，着一身虎皮裘衣，踏雪而行，一路高歌。忽见一酒肆，门前大旗上绣着"三碗归乡酒，了却人世间"，顿时来了酒兴。挑帘进门，跨坐于桌前，甩出野货，喊道："掌柜的，我用这新鲜野货，换你三坛酒，可好？"

掌柜走出内屋，沉吟道："去去去，我们店不缺野货，不换。"男子望向门前的大旗，眼珠子一转，心生一计，说道："我手里的野货换不了三坛酒，我听过的秘闻必定能换你三碗热酒。"

掌柜也是江湖中人，一听便来了兴致："只要你的故事够精彩，我便奉上好酒。"

男子笑道："痛快！"

掌柜指示小二给男子上酒，顺势坐在男子身边。男子便开始道出第一则秘闻。

"相传江南道有一世家子弟任飞扬为家中独子，天资超绝，家境殷实，集万千宠爱于一身，家传一道'五逆剑法'，使得出神入化。

他原可以继承家业，安享一生。想不到，其父任平生及亲族二十人竟乃作恶多端的江洋大盗。在情与法的纠葛下，他忍痛大义灭亲，自毁家业，归隐山林……"

听到这，掌柜挥手把男子跟前的酒挪开，说道："这个事，江湖上人人都知道，这算什么秘闻？不值一碗酒。"

男子不怒反笑，继续说："哈哈，你们只知其一，不知其二。其实，任平生并非任飞扬的生父。他的生父乃江湖杀手组织逍遥楼的大楼主罪阎王。相传，若想练成'五逆剑法'，必须断情弑亲。所以罪阎王于二十多年前，便网罗一批金盆洗手的大盗，代为抚养任飞扬。而后设计促成任飞扬弑亲之局，为的不过是将亲子纳为棋子。可他没料到，任飞扬早已借机潜伏在他身边，借围杀任平生之局，引出逍遥楼主力，用雷火弹，一举歼灭之。最后一战，任飞扬决战罪阎王，自废'五逆剑法'诈降诱敌，以养父所授'八苦剑'击败了罪阎王！"

听完故事，掌柜拍手叫好。小二也识相，给男子添上第二碗，开始聊第二则秘闻。

"相传，颍川剑客尹小虎初入江湖，偶遇大名鼎鼎的应龙公子，二人一见如故，结伴游历。此后，他们救白鹭公主，惩京城恶吏，救黄河陈家，一时留下很多佳话。一次，尹小虎受人之托，独闯皇宫，夜盗万灵丹。竟撞破应龙公子企图以巫蛊之术控制百官的阴谋。为救万民于水火，尹小虎寻踪应龙公子，于骊山禁地激战三天三夜。最后，以应龙公子亲传'风铃剑'击败强敌。殊不知，原来应龙公子早已身染重病，命不久矣。为助好友解脱，为救天下苍生，尹小虎不得不手刃好友。此后，尹小虎遂以应龙公子的名号继续闯荡江湖，行

侠仗义。"

掌柜表情豁然："怪不得那几年，应龙公子行事风貌大有转变，原来已不是同一人。"

男子见掌柜两眼放光，沉浸其中，借酒劲说出第三则秘闻。

"五年前，中原大侠楚天行卧底黑羽教，试图解救药邪解黄芩，意外被擒，惨遭黑羽教施药改造，沦为黑羽教杀手。每日清晨睡醒，他必会忘掉昨日记忆。三年间，他残杀忠良无数，犯下许多惨绝人寰的大案。奈何其侠心未灭，凭一丝记忆，仍救出解黄芩。药邪遍寻名药，费尽心力，将楚天行治好。可楚天行愧疚于罪恶往事，心灰意冷，遁入空门。后在机缘之下，得京城才女颜柒柒感召，再入江湖。并写下血榜一则，立誓擒拿血榜上一百名恶人……"说到关键处，男子眉飞色舞，活灵活现，如亲眼所见，扣人心弦。

饮完最后一碗酒，男子不顾掌柜挽留，一手挑起野货，自顾自地走出酒肆。一路高歌，一路摇晃，走回山林。

掌柜则目送男子离去，默然无语，忽然长叹一声。

小二靠上掌柜，苦笑道："昨日董韶海、姜玉朝、易皓明，今日任飞扬、尹小虎、楚天行……每天来换酒，所讲故事，真切一半，现编一半。说来说去，主角都是同一个人。真不知道，他到底是真失忆，还是假失忆……掌柜的，我看着也有点可怜。您真的不愿意继续治吗？"

掌柜眉目间露出淡淡哀切："罢了！往事不堪回首，何必让好友活在弑亲、杀友、为虎作伥的痛苦中呢？活好当下吧！"

（该文发表于《华西都市报》）

黑箱

毫无征兆、毫无警示,几乎在一瞬间,一个纯黑色集装箱,凌空飞落在了博物馆的前门广场上,压得严严实实,没有一点儿缝隙。

在一片尖叫声中,博物馆馆长带领一众工作人员赶来,十余人朝一侧用力,试图将集装箱推翻并搬走。可任凭大家使出吃奶的劲,集装箱还是不见一点动静。馆长随即叫来 2 辆铲车、3 辆吊车、5 辆卡车,用上一切蛮劲拉扯,可集装箱依旧纹丝不动,仿佛亘古以来就在这里一般,与大地融为一体。在各种方法都尝试过后,大家都无能为力。

真是奇怪了!

只见这集装箱浑身通黑,长 11 米、宽 2 米、高 2 米,与码头的集装箱别无二致,唯一不同的是前后各有一扇双开门。不知设了何种机关,两侧门仅仅只能开一侧,一侧关了,另一侧才能打开。由这一头望向箱内,竟有一股观察黑洞一般的深邃感。

不到半天,全市都知道了这个奇特的集装箱。有关部门连夜安排全国各地的专家学者前来调查、采样、化验、拍照,最后竟发现这黑箱与普通的集装箱没有任何区别。

"看起来，只有亲身尝试一下，才能知道它的秘密了！"

馆长不顾其他人反对，穿上防护服，挂上探照灯，打开视频记录仪，就这么从一侧门走了进去，随即砰的一声，门自动关上了。

大家焦急地等待着，原以为时间将万分漫长，然则不消一会儿，另一侧的门也自动打开了，一个模糊的人影摸索着，缓步走了出来。

"馆长安全出来了！"众人惊呼着，围了过来。

然而，令人错愕的是，馆长变了。

眼瞧着馆长的身高、发型、眼镜和原来别无二致，可仔细一看，才发现馆长的性别变了——由男馆长变成了女馆长！

难道这黑箱子有转性之效？女馆长连忙否定，笃定地说，她自小就是女的。她也是为了了解这个集装箱的秘密，才走了进来。

科学家们赶紧核对信息，惊奇地发现，这位女馆长除了性别不一样，姓名、年龄、学历、家庭成员等信息与原先的男馆长一模一样。

接下来的几天里，科学家们连续将实验犬、实验猴、实验马投入集装箱，走出来的实验动物，要不是皮毛变了，要不是装饰变了，要不就是防护服的款式变了，性格特征、生活习惯、健康指数则几无变化。

科学家们纷纷推测，这是一个能穿越平行宇宙的"薛定谔之箱"。

什么是"薛定谔之箱"？有科学家解释："当我们做出一个选择，就会产生一个平行宇宙。两个平行宇宙之间的差别，就在于细微的选择不同。当有生命的观察者从黑箱的一头走进去，从另一头走出来的则是平行宇宙的另一个自己。"

这一发现立即轰动了世界，全球各地无数好事者赶过来，只为一睹真容。

这个集装箱到底是谁发明的？为什么会出现？众说纷纭。有人说它是神明考验人类的造物，有人说它是古人遗失流传的科技，还有人说它是外星人投下的实验器材，每天有数十万条资讯都围绕这个集装箱展开。

终于，在一阵喧嚣中，有人提出：既然通过黑箱就能进入另一个世界，是不是在做出不一样选择的世界，穿越者可能不再贫穷、不再患病、不再孤单，将拥有更加美好的人生？

于是乎，一群又一群人通过武力冲破科学家的层层阻拦，冲入黑箱。他们中有患病的富豪，有流浪的鳏夫，有恶毒的逃犯，等等。

可惜，一批又一批人出来，似乎没有哪一个人来到了自己所期盼的平行宇宙。他们或是头发颜色变了，或是穿搭变了，或是银行卡卡号变了，或是指头少了一个，或是银行里的存款多了一位数。

人类每天都会做出千百个选择，又有多少选择能颠覆一生？

后来，各地政府决定，给予来到平行宇宙的他们在穿越前同样的权利，接替原来的人，或平静地度过，或承受同样的罪过。

久而久之，人们便失去了穿越的热情。围观集装箱的人越来越少，科学家也纷纷离去。

穿越而来的女馆长感觉长此以往并不安全，随即命人用铁砂掩埋住了黑箱，并在上面盖了厚厚的一层土，种上了鲜花和青草。

有人问馆长，这是在埋葬穿越失败的人？

女馆长呆坐许久，默然无语。

湖怪

绿湖村有湖怪！一时间人心惶惶。

绿湖村属于少数民族村落，倚湖而兴，由此得名。独特的风光，加上流传下来的许多独具特色的神话故事，让这些超自然奇谈多了几分"因果论"。

老盘说得有鼻子有眼，家里的游船好好地停在湖边，第二天早上却发现被凿出了一个大洞。老盘信誓旦旦，是因为上游排污惹恼湖神，所以诞下湖妖，潜藏湖底抓人。

蓝叔说得更是活灵活现，他家当木工的孩子得了一种怪病，怎么治也治不好，满嘴胡说八道，张口闭口就说得罪了湖怪，所以降灾来警示大家。

小雷说得更玄乎，有游客在湖边露营，深夜烧烤喝酒，大声喧哗，竟然吸引到一个披头散发的怪物袭击自己，险些丢了性命。

面对村民们的疑神疑鬼，记者张权一概不信。直言他这次受人委托来到绿湖边，目的就是查清真相，消除恐慌，帮助村民开发绿湖。

然而，张权白天在绿湖周边游览许久，除了绿水青山，没有见到任何异常，优美的景色反而为他增添不少安全感。

小雷向张权提议，湖怪多出现在晚上，他可以在湖边过夜。还打赌道，如果张权能待满一个晚上，他便不再相信有鬼。

张权自诩天不怕地不怕，可一个人待在湖边，多多少少有点犯怵，但毕竟受人委托，他就不得不一查到底。

半夜两点，启明星挂在天空，一轮红月被阴云掩盖，无光的湖边森林显得格外静谧。张权一个人蜷缩在帐篷内，时不时掏出手表，期待今夜早早过去。帐篷外挂满了又大又亮的露营灯，枕头旁的收音机传出淡淡的音乐声，与湖水拍岸的浪花声相映生辉。

忽然，一阵寒风穿透帐篷，收音机的信号瞬间中断。由浅至深，由远至近，由模糊到清晰，一张如脸盆一般大的面孔，隔着帐篷，出现在张权眼前。那张面孔上泛着红光，嘴边呼呼吐气，发出阵阵嘶吼。鬼魅的影子左右摇摆，完全看不出野生动物正常移动的痕迹。

张权一动也不敢动，把毛毯紧紧地裹在身上，蒙住脑袋，脸色煞白，瑟瑟发抖，浑身都湿透了。

见张权没有反应，鬼怪的手指捅进帐篷，指着张权的鼻尖画圈。"咕噜！咕噜！"仿佛在念什么咒语。

"啊！"张权大叫一声，跑出帐篷，向湖边逃去。

那鬼怪不慌不忙，跟在张权身后，将慌不择路的张权堵在湖边。张权背靠绿湖，面朝鬼怪，瘫倒在地，已无力呼救。

就在这时，湖中央传来此起彼伏的水潮声，一个红色的人影从水底升起，只见那影子长发遮面，哭声不断，俨然是影视剧里常见的女鬼。

鬼怪见到红色人影也愣住了，完全没了初见张权时的凄厉与可怖，反而像一只受惊的小狗般颤抖不已。

发现张权跟前的鬼怪，红色人影顿时措手不及，哭声立即停止了，身体也僵直了。一妖一怪隔着张权，相互对峙。

这是怎么回事？张权鼓起勇气，掏出手机，打开手电筒，照向愣住的鬼怪。他这才发现，这哪儿是什么怪物，不过是一副草草拼装的大面具罢了。

张权跳起来，抓住"鬼怪"，扯下面具，居然是小雷。

被识破后，小雷尴尬一笑，站起来后，脱下一身伪装。

眼瞧张权与小雷的情况，湖中的红色人影也慢慢走了过来，摘下假发，撤下红衣——是老盘。

张权生气了，质问道："我和你们无冤无仇！为什么要吓唬我？"

老盘和小雷面面相觑，最后还是小雷答道："其实，我们没有坏心，只是希望你能知难而退。"

原来，在早些年，绿湖周边排污企业众多，盗伐树木严重，生态环境受到很大破坏，这些年在政府的扶持下才逐渐恢复过来。前段时间，听说有企业想来绿湖开发，老盘和小雷等一众村民担心绿湖再度被污染，所以谎称有神怪作乱，试图让污染企业退却。结果想不到，却碰上了张权这么较真的调查者，于是他俩不约而同扮鬼吓人。

听完两人的解释，张权也笑了，坦言道："我是受当地政府的委托来调查，目的不是排污，而是准备开发绿色旅游项目，让绿水青山变成金山银山！"

听完张权的解释，老盘和小雷也笑了，原来是大水冲了龙王庙。

后来，张权把那晚的故事采编成新闻发布在网上，引来了大批游

客前来探险。

那篇报道的标题便是"守护绿水青山的'湖怪'"。

你爱我有多深

　　"你想知道男友有多专一吗？你的老婆有多爱你？你是不是爸爸妈妈最疼爱的孩子……生活条件越来越好，互赠的礼物越来越多。如果你想知道，他(她)为你花了多少心思，请带上他(她)送你的礼物，来我们研究所，接受含情量测试吧！青耕 3 号机器人会告诉你最真实的答案！"

　　广告发布后不到三日，圣瓦伦丁研究所的大门就被来访的送检者围得水泄不通，几间屋子里堆满了各式各样的礼物。

　　"王刚，送妻子纪念款小金条口红，含情指数 283；检测者陈荣，送女友限量版宝马跑车，含情指数 139；周小川，送儿子黑色钢笔，含情指数 587……"一对对恋人、夫妻、好友因检测结果或抱头痛哭，或吵架咒骂，或沉默发呆……情态各异。而黑色球形机器人——青耕 3 号的语调却始终平和如一，保持着自己惊人的测试速度。

　　"早就说过，这是给人带来真相的产品。"望着不断刷新的订购单，研发组首席科学家孙博士万分自豪。青耕 3 号上市后引爆全球抢购热潮，三天销售量超 100 万台！

　　"不好意思打扰了，张博士送来一件检测品，我们有些为难。"

身旁的助手怯生生打断道。

"她送来什么？"孙博士表情略显不悦。张博士是研发组早期成员之一，得益于她贡献的基础理论，研发才得以顺利完成。不过，对于将青耕3号用于含情量测试，张博士一向持反对意见，称这是赤裸裸地暴露人性的丑恶。所以在称病退出研发组之前，张博士与孙博士间的争吵从未停歇。

"她送来一根松针，还说这是给您的'后悔药'。"助手语调迟疑，似乎后悔把这句话说出来。

"哼！后悔药？"孙博士一声冷笑，转身吼道，"搞研发，我从没后悔过！你把这东西给青耕3号检测看看。"

然而，检测结果却令孙博士大吃一惊："用户未知，黄山绿松针，含情指数997……"

"张博士人呢？"孙博士的表情，显然不愿相信这一结果，毕竟这是接近满值的数据。

"好像在送出这根松针后，便自杀了。"

"自杀了？"孙博士的眼角微微颤动数秒，而后迅速恢复平静，疑惑道，"那检测对象是谁？"

"我查了一下，张博士去世后，默认顶替的是……"

"算了，这不重要，当一般性报错处理就好。"孙博士打断助手的话。

眼下，青耕3号销售情况越发红火，不少明星艺人纷纷在网上晒出粉丝赠送礼物的含情量数值。不少医疗机构甚至将其与"亲子鉴定"搭配销售，各色营销广告堆满整个城市。对孙博士而言，没有什么比保住销售量更重要了。

令孙博士始料未及的是，青耕 3 号持续半个月的销售热潮竟被一起凶杀案打断。一名女性因男友送的礼物含情量不到 50，在争吵中将男友杀害。此后，越来越多的伴侣、夫妻因含情量测试结果而分手、分居的新闻更是屡见报端，青耕 3 号随即陷入舆论旋涡，大有人人喊打之势。

研究所门外，一群又一群"复仇者"用海啸般的怒吼，要求圣瓦伦丁研究所赔偿情感损失。人群面对闻声赶来的警察也无所畏惧，研究所的窗户全都被投来的砖石砸碎。

眼看门外聚集的人越来越多，助手惴惴不安："再这么下去，他们可就冲进来了！"

孙博士倒是不慌不忙，幽幽道："还能怎么办？把那一根松针拿出来吧……"

一天后，孙博士召开线上新闻发布会。

"今天，我们召开新闻发布会，并不是为近期发生的事情做解释，而是向大家通报一则检测结果……"

不到一分钟，数百万网民涌进直播间，用谩骂向孙博士表达着自己的愤怒。

"前段时间，我们团队的张博士将祖屋中的一根松针送给青耕 3 号检测，含情指数 997。"

顿时，评论区的声音从愤怒转为不解，有人猜测，松针寄托着张博士的思乡情；有人认为，松针是父母留给张博士的遗物；还有人肯定，青耕 3 号出现了故障……

孙博士继续说："张博士在寄送样品后离世，默认的受检对象便自动替换为青耕3号自身。青耕3号运用'数字孪生+数字人'技术，采集1亿人的情感数据，进行10亿次迭代。意料之外的是，青耕3号实现了人类真实情感的AI仿真，甚至拥有了比人类更丰富的情感。初次见面，便对这根松针一见钟情……"

新闻发布会结束，围堵研究所的人群离开。走出研究所大门，孙博士和助手们沉默无语。

三周后，望着最后一批待销毁的青耕3号，孙博士想起张博士临走前，两人最后一次争吵。

躺在床上，张博士对孙博士怨嗔道："你真的想知道，我有多爱你吗？假如，你知道青耕3号比我更爱你，你还会爱我吗？"

过期公主

秋风穿过纱帘，泛起微凉，唤醒了我的梦。

睁开眼，张开臂，向那个女人高喊："我可以当公主吗？穿上雪白的长裙，戴上雪白的王冠，睡在雪白的大床上，住在雪白的城堡里，挥一挥手，能释放召唤白雪的魔法。"

那个女人解下围裙，端起早餐，走出厨房，一脸戏谑地问道："召唤白雪？你是想成为和艾莎一样的公主吗？《冰雪奇缘》里的那样？"

我断然否定："不是，我只是想成为召唤白雪的白雪公主！像《幻想曲》中的那样！"

那个女人摇了摇头："唉！再不起床，梦想就过期了！"

我倔强地反对道："我的梦想永不过期。"

穿上秋衣，走进客厅，那个女人早已在餐桌旁等我。

"今天，我要上学吗？"我坐在女人旁边，眼前一盘心形煎蛋，一份低盐火腿，两片切片面包，还有一杯热腾腾的加了草莓的牛奶，都是我喜欢的。

"你不上学，你要待在家，老老实实的，哪儿也不去。"那个女人端起餐盘，准备喂我，被我推开。

"我要去上学……我记得，老师说，今天要第二次填志愿呢！"

"那你的志愿是什么呢？"见我自己吃饭，女人也放下餐盘，迅速吃了起来。

"我的志愿就是想当公主……"

"哈哈，挺好的，希望你能一直坚持下去。"那个女人似乎很难得地称赞了我。

"你上次可不是这么说的。"

"哦？我上次说什么了？"

"你上次说，隔壁的梓潼，想当数学家；同桌的紫涵，想当舞蹈家；就连没出息的子萱都想当银行家。骂我只想当公主呢，太没头脑了，你的脸都被我丢光了……"

想不到，这次她只是叹了一口气："这都过了多少年了，你居然还记得。"说完，便收拾碗筷，回厨房了。

没过多久，那个女人竟然从房间里走了出来，提着手袋，一脸疲惫，抄起桌上两块面包，边穿鞋边喊道："就成天喊着当公主，都多大岁数了。当公主能挣钱吗？能买房子吗？能照顾自己吗？"

"当了公主，就有大城堡住，有白马王子可以照顾我，还有许多的雪人管家。"我嘟囔着。

"生活里没有大城堡，没有白马王子，更没有会动的雪人，动画片里都是骗人的……"那个女人笑了，带着嘲讽的笑，脸上薄薄一层粉都快笑掉了。

"不许你笑话我！"我生气了，难得地生气了。

"现实一点吧！你连身边的人和事都完全认不清了吗？"那个女人皱了皱眉，好像从没看过我一般，瞪着我。

"那我就不要这样的现实！"我甩开早餐，随即跑出了大门。

想不到，那个女人已经推出自行车，在门口等我。

"走吧！带你去逛一逛街。"那个女人把外套系在腰间，笑盈盈地看着我。

"你刚才不是还生我气吗？"我问道。

"谁？生气？你别生气了，我们出门走一走。"那个女人一改厉色，仿佛从没有吵过架。

"去哪儿逛呢？"跨上单车，我不自觉地抱住那个女人的腰，感觉特别安全。

"就去商场吧！好久没带你去商场了。"我们两人骑车穿梭在马路上，凉风吹过耳畔，十分惬意。

我大胆提议道："去商场的话，我可以买一条公主裙吗？长长的，仙仙的那种。"

那个女人扑哧一笑："你穿公主裙一定特别美。"

"你以前不是这么说的？"

"哦？我以前说什么了？"

"你以前说，别成天想着当公主，要好好学习，以后考上编制，成为公务员。"

"唉！你以前也是这么说的。"那个女人低下了头，思索着什么。

"我没说过，就你这么说过，我一直就是想当公主。"我断然否定。

"我的意思是，是你对我这么说的……"

就在那个女人扭头说话间，一辆轿车迎面飞速开来。我们的车躲闪不及，那个女人被轿车刮倒在地，晕了过去……

秋风穿过纱帘，泛起微凉，唤醒了我的梦。

不知道过了多久，我睡醒了。只见我穿着雪白的病号服，头顶雪白的氧气罩，躺在雪白的床单上。身旁是一只白色药瓶，装着治疗阿尔茨海默病的药。

绿野寻归

　　登上西山，爬上树冠，抬眼望去，一片苍茫绿野看不到尽头。直到此刻，大青才终于确定，她迷路了，这可不是好事情。

　　真要命！

　　焦躁感不停侵蚀大青的脑神经，她完全没有意识到，脚底已被磨破，身上挂满伤痕，四肢的力气正慢慢消失。

　　大青匍匐在地上，轻嗅泥土中的味道，既熟悉又陌生。熟悉的是一样的花草味，一样的泥土香，陌生的是记忆中人来人往的土路消失不见了，漫山遍野的树桩消失不见了，略带暗红粉尘的溪流也消失不见了，取而代之的是浓密的森林、清脆的鸟鸣与清澈见底的小溪。

　　大青低头轻抚肚子里的小生命，小生命那规律又活跃的跳动，在她越发沉重的呼吸声中渐渐明显，这给大青带来了些许安心。步入这趟旅程，大青已翻过五座山头，蹚过七条溪流，穿越了无数沼泽和密林，但万般的荆棘也挡不住大青的决心——带孩子回家，带孩子回到那片食物富足、河水清澈、风景优美的地方去。

　　当大青还是孩子的时候，跟着母亲从山里出来。那时的山谷总回荡着绵绵不绝的锯木声，她的爸爸、叔叔、哥哥一个接一个消失不见。最后，年迈的母亲拖着不谙世事的大青，离开了那片安宁的伤心地。

离开家的路很艰难，年幼的大青闹肚子，走走停停。母亲没有方向，没有目标，只能在山中游荡。

路过一条瀑布时，一道金光透过鹿蹄状的山峰，将整个山谷灌满，金光映着绿光，这样的美景，让大青和母亲都忍不住驻足欣赏。

就在这时，猝不及防，一缕寒光疾驰而出，向大青袭来。母亲下意识反应，护在了大青身前，被一支弩箭刺中。一个小黑人随即夺路而出，他手持利刃，狰狞地扑向大青。母亲不顾伤势，扑向小黑人，与之扭打起来。大青只能奔逃，疯狂地奔逃。母亲的鲜血流进瀑布，浸透河水。

多年过去，心结难解，岁月没有抹平大青心中的伤痛，落叶归根的信念驱使大青告别收留她的家族，带着孩子回归，回到自己长大的地方。

但回家的路在哪里呢？金色的山峰又在哪儿呢？迷惘间，一阵疾风袭来，夹带着浓浓的汗味。大青敏锐地感觉到，身后有人。回头遥望，三个小蓝人正匍匐在草丛中，窥视着她。

大青眉头紧锁。他们是谁？是曾经杀害母亲的人吗？他们如今还想抓我？愤怒充盈大青的眼眸。她俯下身子，四肢发力，准备和小蓝人决一死战。

就在大青即将发动攻势之时，肚子里的悸动阻止了她。她还有孩子，为了孩子她不能拼命。于是，大青按下情绪，缓步后退，慢慢地移动到密林中。

　　大青翻过陌生的山径，钻过狭小的缝隙，一步也不敢停歇。然而，小蓝人也不紧不慢，悄悄地跟在身后，与大青始终保持一段距离。大青不明所以，也不敢乱动，生怕激怒对方。在森林中，冷静是活下去的唯一法宝。随着大青愈发深入密林，猛兽的粪尿气味渐浓，野外瘴气弥漫遮眼，原本淅淅沥沥的小雨慢慢增大，随时都有可能暴发山洪。大青本能地意识到，她的处境越来越危险。可前路漫漫，找不到归途，大青更加焦躁了。

　　这是我的家吗？我还能找到回家的路吗？我是不是不应该回家呢？大青第一次产生这样的疑惑，苦涩的情绪萦绕心间。

　　忽然，山间狂风大作，吹散了遮天的树冠。

　　隐隐约约之间，大青猛然发现，在身侧不远处，有两名小黑人，正暗伏在树后，狰狞的表情下藏着贪欲。四目相视，小黑人也不再躲藏，起身便准备拿起弩弓。

　　说时迟，那时快。大青身后的三名小蓝人瞬间行动，伴随着一阵巨吼，如雷霆一般的巨响，扑向小黑人，双方厮打起来。

　　大青见状，夺路而逃，跳入临近的小溪，顺流而下，竭尽全力躲避追捕。不到片刻，疲惫便席卷身上每一块肌肉。

　　正当绝望之际，一道金光穿过云绯，鹿蹄状的山峰出现在大青眼前。

　　是家！悬着的心终于放了下来。大青循着山的轨迹，一路踉跄前行，消失在密林中。

　　……

　　林场日报报道，近日，某林场防护员在野外巡山时，发现国家一

级保护动物林麝踪迹，同时抓获不法盗猎分子数人。据了解，这是该林场二十年来首次发现野生林麝。但后续的追寻并没有成功找到林麝的踪迹，这种珍贵的生物又一次消失在大众的视野里。

生生不息

四周静悄悄的，阿骨潜伏在母河边的草丛内，已经三天了。

之所以称其为"母河"，源于这条河是部落饮水、渔猎、祭祀的"母亲河"，孕育了一代又一代的部落族民。由于自小随爹妈在河边捕鱼，阿骨十分清楚，只有这个位置河水见底、水流徐缓、野兽稀少、人迹罕至。在这个季节，每当遇到温度适宜的傍晚，他的目标就会顺流而上，在落花遍布的滩涂浅处觅食。

五天前，阿骨便磨利鱼叉，换上最老最硬气的木柄，提来最大最结实的渔网，只求一击得手。而他的目标正是部落尊奉百年之久的"神明"——母河的河主。

阿骨从没见过"河主"，或者说从没亲眼见过"河主"。在妻子的陶壶上，有河主的画像，体态修长、眼如悬镜、口若血盆；在女儿的脖颈旁，有河主的残鳞，形似落叶、晶莹剔透、坚硬无比。可阿骨印象最深刻的，则是部落祭司脸上的面具，额头浑圆、半面涂黑，两颊鱼尾散开，鱼唇与人唇重叠，十分骇人。

也正是五天前，头戴河主面具的祭司当众宣布，部落将逢大灾，只有将阿骨的女儿投河献祭给河主，才能弭除灾祸。

听闻旨意，妻子当场晕厥，女儿哭泣不已。

阿骨不服，他发誓要抓住河主，逼迫它改变旨意，挽救女儿！

不过，以人之力捕捉神明，何等荒唐？阿骨知道，无论结果如何，回到部落，自己必然难逃责罚，甚至不免一死。但为了女儿，为了妻子，他顾不了那么多了。

终于，在黄昏前的一刻，一团黑影自远方游来。波光粼粼之间，阿骨依稀看清，夕阳下的这抹黑影硕大无比，与阿骨一般长，与树干一般粗。阿骨心想，这应是传说中的河主无疑。

阿骨轻轻地脱下了麻衣，背上背篓，露出满是疤痕的肌肉。他屏气凝神，紧紧抓握木柄的手已渗出血渍，眼瞅河主三十步、二十步、十步、五步……慢慢逼近。他忘记了周围的一切，只听得见自己的呼吸。

吓！阿骨按捺不住心中的紧张和恨意，两腿一蹬，挑起鱼叉，一声大喝，蹦出草丛，刺向河主。

哒！不知是因为河主鳞片坚硬，还是鱼叉准星偏移，锋利的矛头擦过河主身体一侧，仅留下了一道白痕，进而深深地嵌入了河床之中。

阿骨心中大呼，不好！

不过，受此惊吓，河主也慌了，赶忙摆头甩尾，竟撞到河沿巨石，一时眩晕。

阿骨抓住机会，半游半渡，扑腾向前，急速迫近，在水中一跳抱住河主，用自身体重迅速将它拖下，再次撞在石头上。阿骨一边迅速掏出渔网，试图捆住河主。奈何对方力大无穷，身体光滑，挣扎间将渔网扯破，扭头张嘴，露出利齿，吞向阿骨的脑袋。阿骨的鼻息中，满是令人窒息的腥臭。

危急关头，阿骨顺手抄起河下一块坚石，使出全身力气，砸向它的额头。河主瞬时晕厥，没有一点反应。

阿骨趁机扣住河主的鳃部，借着水流的冲劲，将它带上浅滩，又一点一点地拖上了岸。经过此番大战，阿骨已经精疲力竭。可为了及时解救妻女，阿骨还是马上振作了起来，将河主拖到离水面稍远的地方。

正当阿骨准备将河主捆住带回部落时，河内忽然传来了激流拍打的澎湃水声。哗！哗！哗！一片更为巨大的黑影袭来，径直跳上了岸，扑向阿骨。

阿骨赶忙甩开河主，逃向一侧。他这才发现，跳上来的巨物浑身伤疤，比河主大了不止一倍！而它的体态、相貌、颜色，与河主别无二致。

原来，刚刚阿骨抓到的只是"小河主"，眼前的才是部落尊奉的"大河主"，阿骨心中骇然。

此时，大河主咬住小河主的尾鳍，腾挪摇摆，向后拉扯，不顾河滩上锋利的碎石，似要将小河主一点点拖回河中。

察觉大河主的意图，阿骨心知如果不阻止，便再无机会抓住它们。他立即抄起鱼叉，疯了一样冲上去。奇怪的是，那大河主竟不闪不避，一心拖着小河主往后撤，任由阿骨的鱼叉叉在身上。

阿骨也蒙了，心想原来河主也和他一样呀。

感受到母亲的召唤，小河主猛然惊醒，一跳一蹦，借势向母河逃

去。阿骨鲜血淋漓，没有动作，眼睁睁地看着大、小河主逃回河中，水花飞腾，消失在远方。

阿骨在河边呆坐了许久，随即赶回部落，趁夜劫出妻子和女儿，远走他乡，建立了新的部落。

数千年后，在仰韶文化博物馆，一位解说员向来往的游客介绍：因为鱼的繁殖能力很强，所以成为中华民族古老的生殖图腾之一，鱼的图像才会在仰韶文化陶绘中大量出现，也因此诞生了大量和鱼有关的故事。

哮天

　　汇聚全城富人的金山小区里有一名保安，年近 65 岁，在小区里干了近二十年，小区居民都习惯叫他"张老"。

　　之所以那么大岁数还能当保安，原因有二。一者他是一名孤寡盲人，无家可归，可以 24 小时待在物业办公室，又不用休班换班，一个人顶两个人；二者他还是一名绝顶"剑客"，以一套"盲人剑法"将一根竹棍使得出神入化，曾用数招击退企图入室抢劫的悍匪，为此还获得当地公安部门的表彰。人们戏称他是《黄河大侠》中的马义，可他总说自己只是一个守夜人。

　　是的，他值夜班时，毫不偷懒，从凌晨到天亮，一个人持一根竹棍在小区的各个角落巡逻，既自在又安定。虽是盲人，可夜晚走路比正常人还顺溜呢。

　　不过，最近这种安定的生活被打破了。物业的楚经理给张老添了一个"伴"——一条狗，而且还是一只智能机械狗。用楚经理的话说，这只机械狗名唤"哮天"，是尖端科技产物。虽然没有"狗眼""狗耳""狗嘴"，可全身都是声、光、电配套传感器，浑身都是"眼"。四条钛金属的小腿刚劲有力，跑得比真狗快多啦！更精巧的是，哮天头顶还有一只灵活的机械臂，可操纵各种警械。哮天因搭配最前沿的人工智能学习系统，可以如真狗一般，与人简单互动，半夜自动巡逻不知疲惫，十分可靠。

物业安排哮天陪张老巡逻，起初张老还感觉有一些不适应。毕竟，张老在 20 世纪度过了大半辈子，识不得什么人工智能，对没有生命的机器，不知道如何投入感情，更谈不上聊天交流。每每值班，张老在前头走着，哮天在后头屁颠屁颠地跟着。好几次，哮天试图如真狗一般，通过"汪汪"叫来亲近张老，但都被张老冷漠地回绝。

好在，在学习系统的加持下，哮天学什么都非常快。由张老带着巡逻两天，它便熟知全小区的各个角落，可以自行巡逻。这也让张老轻松不少，一个人躲在岗亭听听小曲，偷偷懒。

刚以为能恢复平静的生活，却不料意外来了。这天凌晨三点，躺在岗亭的张老先是感受到一阵吵闹，随之而来的便是急促尖锐的轰鸣声。被声波击中的张老顿时头晕目眩，听力下降大半，平衡感也被打乱。他本能地意识到，有人暗算他，立刻翻下床，挑起竹棍，跟跟跄跄地跑出岗亭。

原来，上次偷偷潜入的悍匪贼心不死，意图二度行凶。竟然用声波武器偷袭张老，趁张老疲弱，一哄而上，围而攻之，消灭这块"拦路石"。眼下，张老只能靠仅存的听力仓促躲避，落在下风，竹棍被削断半尺，衣襟被划开数道，情况危急万分。

就在这时，发现异常的哮天赶回来。面对数量上占优势的悍匪们不畏不怯，单臂抢起警械冲上去，撞开围攻张老的人群。悍匪大怒，便将哮天一起围在中间，斧头、棍棒、锤子交加而来。哮天被击中，身上的金属外壳破开，一条条金属导线暴露，情况也不容乐观。一人一狗背靠背，陷入死战。

　　幸好，有了哮天助力，张老得以喘气片刻。听力恢复一些，随即转守为攻，一段抢、挑、刺、拨，悍匪纷纷倒下。

　　此战之后，张老对哮天也不再冷漠，主动帮哮天修补外壳，还经常聊天说话，教它唱歌，向它诉说年轻时候的故事。而哮天也好像听懂了一般，"汪汪"回应。

　　时间慢慢推移，张老与哮天的感情越来越深。有时候，静谧的深夜，张老还带着哮天练剑拆招，根据大狗机械臂的特性，调教剑法，倾囊相授，俨然将它当成了徒弟。哮天越学越快，不到一个月，便将张老的盲人剑法学去大半。看到哮天学剑有成，张老也萌生退休之意。

　　令人猝不及防的是，就在张老提交退休申请的前一夜，哮天忽然凭空消失了。既没有回岗亭充电，也没有发出警报示意，内置的定位系统也没有轨迹反馈。一连三天，张老遍寻小区的各个角落，找不到任何踪迹。奈何眼盲，无法远离小区寻找。楚经理报案后，警方介入调查，仍迟迟不见回音。

　　张老就像失去心头肉一般，郁郁寡欢，饭不怎么吃了，巡逻也少了。

　　终于有一天，楚经理带来了好消息，哮天被找到了。

　　感受到徒弟归来，张老原本失去精神的双眸又恢复了光彩。一人一狗又再度巡游于小区，练剑唱歌。

　　可惜，楚经理并没有告诉张老。由于哮天学会了张老的盲人剑

法，被小区内别有用心的富商觊觎。那人趁张老不备，袭击并肢解了哮天，取走它的记忆储存器，复制了一大批懂剑法的机械狗在黑市当作智能武器贩卖牟利。警方破案后，哮天原本的残躯早已被销毁，楚经理只能用复制的记忆体，搭配新外壳新零件重新组装了一只，带了回来。

事后，曾有人问楚经理："哮天明明和原来那只不一样了，向来敏锐的张老就感受不出来吗？"

楚经理望着一人一狗的背影，反问道："或许不一样了，但重要吗？"

（该文发表于《山西科技报》）

浴室

　　泽纬自诩是一个正派的人，习惯一件白衬衫搭一身黑西装，把一双皮鞋擦得锃亮。可此时的他却趴在浴室门扉前，耳朵紧紧地贴在把手处，两手紧扣门缝，一滴口水从紧皱的腮边滑下，滴到脚面上。

　　他对这间浴室再熟悉不过。两米长两米宽，灰瓷方砖，干湿分离，北欧风格，红木拼装的浴室柜是泽纬妻子过世前挑选的款式。这是他自家的浴室，可又不是他熟悉的浴室。

　　前些天，他回家淋浴，刚进浴室，就发现浴室所有的布置摆设都变了样——马桶变了、吊顶变了、洗手盆变了，空间也大了不少，还多了不少从没见过的香薰、精油、化妆品。诡异的遭遇吓得泽纬赶紧逃出了门，一度怀疑自己进错了家。

　　泽纬鼓起勇气，几经试验才发现，他每开关一次浴室门，浴室的情况都会发生翻天覆地的变化。隔着门扉，泽纬则能清晰地听到里头传来的声音。音乐声、聊天声、水流声萦绕于耳边，其间穿插有窈窕淑女如厕的声音，有成熟男人哭泣的声音，还有成功人士偷情的声音。原来，他家的浴门已成了一个超时空隧道，连接着千千万万不同家庭的浴室。只有泽纬能走进别人家的浴室，别人却走不进泽纬家的。

　　这可不得了！小小的浴室成了潘多拉的魔盒，作为唯一知晓秘密的人，泽纬瞬间被这奇特的现象迷住了。无论是有意义的故事，还是无意义的声响，他总是乐于趴在门前，窥听室内的风景，茶不思，饭不想，连生意都不想做了。

　　起初，泽纬曾想过用这浴室助人。一天，他听到从浴室传来的惨叫声。意识到遭遇了凶案现场，立即打电话报警，利用浴室中传来的只言片语帮助警方，结果当事人当时还好好地活着，过了三个月才真的遇害。他这才知道，浴室内外并不处于同一个时间点。

　　而后，泽纬曾想过用这浴室赚钱。一天，他听到了股票交易员暗箱操作搞内幕交易的通话声。他顺着交易的内幕购买股票，投入了半生积蓄，结果大亏一笔。几经反思和调查，泽纬才知道所谓的内幕压根都不存在，泽纬与交易员并非身处同一个空间。

　　既不能做好事，又不能赚钱，那还能做什么？漫长的窥听，总有想去捅破窗户纸的一天。充斥着诱惑的门扉时刻吸引着泽纬，穿过浴室，突破禁忌。

　　某天，一如既往，泽纬侧耳靠在门扉旁，一个年轻女子洗澡的声音传来。迷离的呢喃，轻盈的歌喉，温润的水流，纤细修长的踏步徘徊，不断撩拨着泽纬的心弦。

　　他单身太久了，他太需要爱了。被原始的欲望刺激着，泽纬悄悄地将门推开了一条缝，一股高档香水的味道扑面而来。整洁的橱柜，干净的地板，这是难得的家的感觉。热水释放的蒸气穿透了泽纬的衬衫，遮蔽了他的眼睛……

　　他张开双臂，向前扑去。忽然，一段手机铃声响起，他的身子定住了。女人接起电话，用充满爱意的声调说道："嗯嗯，我一会儿就去做产检，孩子已经两个月了，很健康……"

原来是一名孕妇。

一瞬间的羞耻感使泽纬停住了脚步，一步一步向后退，转身轻轻地关上了浴室的门。

靠在门前，泽纬面红耳赤，扇了自己两巴掌，喃喃道："泽纬呀！泽纬！你不是自诩是一个正派的人吗？怎能对一名孕妇下手呢？要知道，你妻子可是因为难产去世的呀！"

不能再这样下去了，泽纬还是下定决心，将浴室的秘密公之于众，告诉科学家，告诉全世界。

可正当他拿起手机的时候，浴室里竟传来了一阵既熟悉又陌生的声音。

同样的温柔，同样的温暖，俨然是他过世的妻子的声音。更令他在意的是，与妻子相伴的还有一名孩子。

稚嫩幼童欢快无比，与妻子打闹。咿呀咿呀，是最温馨的画面。

这或是一条妻子从未过世，孩子从未夭折的时间线。

泽纬毫不犹豫，打开门，闯了进去。

浴室门就这么关上了。女人恐惧的喊声，孩子惊吓的哭声，还有两个男人激烈打斗的嘶吼声，响成一片。

片刻过后，声音消弭，浴室又恢复了最初的宁静。两米长两米宽，灰瓷方砖，干湿分离，北欧风格……

一切仿佛未曾变过。

马服山上酒与花

"醉饮千觞恣晨昏，纵马南山踏屐痕……"

琅琅诗声回荡在群山之间，驱散漫天乌云，引来星光流萤。只见一白衣男子举美酒一坛，一身酒气，漫步于林荫小道。月色之下，山壁之前，有一消瘦身影，一袭青衫，似乎已等候多时。

"在下邯郸酒商赵胡缦，久仰大名！"持酒人抬手抱拳，傲气十足。

"山人平州花匠柳玉安，这厢有礼。"壁前人打躬作揖，十分谦逊。

语毕，二人仰天大笑，随即盘腿而坐。

"年年相逢，一如初见，该说是好习惯，还是恶趣味？"柳玉安笑道。

"你自称花匠，却只插花，不养花；就像我，自称酒商，却只饮酒，不酿酒。都是没有家的人呐。"赵胡缦表情惆怅。

"啧啧，我没有家，你可有家。中秋不与娇妻过，跑进山里与损友厮混，真不是男人。"柳玉安一脸嫌弃。

"嘿！我若不来，谁拿你喜爱的归乡酒换海棠花？再说，七尺男儿整日沉迷花道，你才不是男人。"赵胡缦亦毫不客气。

中秋相聚马服山，以花换酒，畅谈武林轶事，正是二人坚持多年的约定。

"话说，去年冬至，幽州盗帅楚天行携妻带子，一夜连盗三十二家劣绅，获二十万两白银赈济灾民，这才是真男人。"柳玉安挑起话题。

"相较而言，无争山庄大庄主，双枪击毙黄河七盗，堪称中原豪杰。"赵胡缦一脸钦佩。

"你说谁是中原豪杰?"柳玉安皱眉责怪。

"我说错了! 论中原豪杰，当然还属剑侠红尘独笑。"赵胡缦慌忙道歉。

相传咸通年间，河东武林有一剑客红尘独笑，以一套变化多端的红尘剑法闻名于世。咸通六年惊蛰，红尘独笑初入江湖，便一闯西域魔教，鏖战七天七夜，刺杀魔教教主。同年清明，红尘独笑卧底丐帮，挫败丐帮帮主毒杀刘侍郎的阴谋。咸通九年谷雨，红尘独笑渡海扶桑，解救七大派掌门。同年白露，红尘独笑又论武华山，促成武当与少林和解。一时间，其无处不在的逸闻震惊江湖。

赵胡缦继续道："去年元宵，红尘独笑一人下江南，于洞庭湖畔约战黑山双煞。想不到后者纠集黑道十七高手，伺机偷袭。红尘独笑受伤不敌，斩杀十人后逃回河东。七日后，余下七人跟踪而至。原以为红尘独笑重伤无力。殊不知，他乃佯伤诈逃，而后将那几人一举伏杀。"

柳玉安抿一口酒，幽幽道："那你知道红尘独笑是谁吗?"

赵胡缦大笑起来："可惜他们不知道，红尘独笑并不是一个人，而是两个人。红尘独笑既是我赵胡缦，也是你柳玉安。"

柳玉安莞尔道："所以，红尘独笑才能从西域赶到长安，从扶桑赶到华山。"

忽然，一阵阴风袭来，三道黑影跳出草丛。定睛一看，原来是魔教护法湘西三鬼。

"红尘独笑，你一人嘀嘀咕咕说什么？"为首的赤鬼一脸嬉笑。

赵胡缦表情不悦，起身冷冷地瞪着三人。

"哈哈！我们三人花了一年多的时间，研究你在洞庭湖畔留下的那十具尸体的伤口，总算破解了你的红尘剑法。这下你死定了！"赤鬼狰狞，指挥其余二鬼摆出阵型围住赵胡缦。

就在出手的一瞬，赵胡缦丹田运气，肚中酒由唇齿缝急射三鬼脸庞。霎时，银光四溅，三鬼目不能视。只见一柄半透明的长剑自奔流中闪现，一挑、一划、一刺，在三鬼的眉心处各留下一个小洞。顷刻间，这三鬼摔倒在地，变成死鬼。

赵胡缦悠悠叹道："你们既不知道红尘独笑是两个人，也不知道红尘剑法其实有两套，一套燕归剑，一套千愁剑。你们能破解前者，却料不到后者。"

赵胡缦收起长剑，转头面向石壁上的影子，目光哀切，自言自语："玉安呀！那日是我收到黑山双煞的约战。可我为成亲，已戒酒十日。你深知，我若不饮酒，千愁剑便难尽全力。为防黑山双煞寻仇，你竟瞒着我单独赴战。想不到在我新婚之夜，等来的却是好友重伤不愈的躯体……我大醉之下，伏杀其余七人，却唤不回海棠花开

……”赵胡缦擦干眼角的热泪，继而道：“你不在了，谁与我共饮赵王酒，共赏秋海棠？今夜过后，红尘独笑便绝迹江湖。再无花匠柳玉安，也再无酒商赵胡缦……”

月明星稀，只见赵胡缦踉踉跄跄地离开马服山，豪迈浑厚的吟诗声响彻天地。

“醉饮千觞恣晨昏，纵马南山踏屐痕。诗酒疏狂君莫问，霜刃一出笑红尘！”

（该文发表于《三江都市报》）

隐士

"他不是流浪汉！他是隐居在城市中的高人！"开平嘶吼着，他不允许别人把竹鸿说成流浪汉。

竹鸿是开平中学时的同学，帅气、聪明、谦虚又活泼，自小便有卓尔不凡的气质与才干，可以说是众人眼中的那个"别人家的孩子"。在考学、求职、干事业的成长路途上，开平总能听说竹鸿办企业、上电视、拿大奖、搞慈善的故事。这些事情，都充分说明了一个事实，他和竹鸿已经是两个世界的人了。

那天，开平辞职离岗，端着啤酒，一身疲惫，倚靠江滩旁的栏杆看日落，恍惚间发现一道熟悉的身影，平躺在江滩草地上。揉了揉眼睛，几经确认后，终于喊道："竹鸿，你怎么在这儿？"

夕阳下，竹鸿一身整洁的白麻衣，一双干净的绒布鞋，虽然披头散发，可胡须和指甲却修剪得十分整齐。不戴手表，不挂配饰，打扮简约又干练，与周围的一切都那么和谐。健康的小麦色，与开平手臂上久坐办公室的惨白相差甚远，一看就是长期晒太阳的结果。

听闻呼唤，竹鸿睁开眼睛，对着开平微微一笑，一句话也不说，一副高深莫测的模样，起身便翩然离去。

"你去哪儿？"开平不明白为什么竹鸿不搭理他，翻过栏杆向老同学跑去。可无论开平怎么呼唤，竹鸿都没有回头，与开平保持不远不近的距离。

他为什么在这儿？他不是成功人士吗？为什么穿得那么简单？他为什么不理我？无数个疑问涌上开平心头，奈何跑了两步，酒劲上头，肚子里翻江倒海，只能作罢。

此后的数天，开平总能在江边遇到竹鸿。竹鸿始终不发一语，一个人漫步在江边、林中、大街上，举手投足间流露出一股自然得体的气质。穿梭在川流不息的车水马龙间，不沾风尘，如此超凡脱俗，又如此毫不起眼，以至于除了开平，没有其他人会留意到竹鸿。

老同学的变化引起了开平的兴趣，他开始不自觉地跟在竹鸿身后，这才发现竹鸿没有工作、没有房子，更没有手机和汽车，不进任何公共场所，不与任何人交流，仿佛与这座繁华的南方都市活在同一个宇宙中的两条平行线上。

渴了，便攀上马路两侧的椰子树，摘一个椰子，一饮而尽。

热了，便找到随处可见的蒲葵树，取一片树叶，做成蒲扇。

饿了，便寻觅竹条针线做成鱼竿，挖一条蚯蚓，钓鱼煲汤。

累了，便走回江边的树林中小憩，挥一根木条，朝天作画。

困了，便随意寻找个阴凉的地方，觅一块方石，躺下就睡。

在竹鸿的手里，城市间的任何花草树木都成了生活资源。例如，将路边的景观杧，切条、暴晒、焯水，做成点心；将公园的小雏菊，清洗、晾晒、煮沸，泡成花茶；将绿化带上的大刀豆，去皮、取籽、浸泡酒，做成小菜。竹鸿既没有在垃圾堆里找材料，也没有寻求社会上的捐赠者，身上的衣服、鞋子、袜子，煮炊用的石锅、陶碗、木瓢、铁盆都是别人不用或自己制作的，纯天然且零浪费。

"你是怎么活下来的？这样不苦不累吗？"开平一次又一次向竹鸿发问，却始终没有得到竹鸿的回应。

开平将竹鸿的故事写成文章上传到网上，立刻引起一场轩然大波，好奇的网友一群又一群来围观。有人说，竹鸿是隐遁的文学家，通过隐居寻找灵感；有人说，竹鸿是超凡的艺术家，否则不会如此浪漫；还有人说，竹鸿是家世非凡的富二代，因不愿同流合污，便抛弃家业；等等，越说越离奇。越来越多的人开始寻找竹鸿的踪迹，试图根据开平提供的只言片语，找到这位暗藏在城市深处的隐世高人。

然而，正当舆论愈演愈烈的时候，开平忽然发出一则消息：竹鸿住院了！

怎么回事呢？

一天，开平发现竹鸿瘫倒在草棚中，赶忙将其送进医院。医生说，竹鸿吃的是景观枸杞、观赏刀豆、水沟活鱼，这些都是用来净化城市空气、清理城市垃圾的，原本就吸收了不少有害物质，即便进行了处理，可依旧有毒素留存，吃多了自然中毒了。

后来，清醒后的竹鸿给开平留下一张字条"谢谢你的陪伴"，而后消失在医院里，不见踪迹。

再后来，有记者采访开平："竹鸿是不是你虚构出来的人物？你公开在网上的照片都十分模糊。我们也没有查到他的身世记录。这样一个不合群的人怎么可能被城市包容？是不是你那天喝多了，把自己想象成了竹鸿？"

开平对着记者微微一笑，一句话也不说，一副高深莫测的模样……

（该文发表于《微型小说选刊》）

银河边的火锅店

当坤溥驾驶星际飞船穿越西部星区的时候，从没有想到过，能在距离地球 7.4 万光年的银河边缘吃上一顿火锅。

只见 CM42 星球上一张古怪的獠牙面具腾空而起，幻化成一尊七彩青铜人像指引飞船前行，飞了一段时间，最后停靠在一座菱形空间站旁，一块仿古霓虹灯的招牌映入眼帘——银河川麻辣火锅。一阵洪亮的鸣堂声穿透通信频道："贵客到！一艘无畏舰，两百生命体，里面请！"

船员们如同从牢狱中解脱一般，鱼贯而出，被引到"店"内。片刻间，无数清洁机器人上下飞腾，清洗 DA1980 舰体上的放射性物质，每一个角落都没有放过。

火锅？川菜？这是数千年前，曾风靡地球的一类菜系？这道美食到底是什么样子，什么味道？又怎么会在这里出现？无数个疑问涌上坤溥心头。

"您好！我是这家火锅店的掌柜——突袭者 X01。"一款一千多年前研制的战斗型机器人走出空间站，身上的挂载武器已被卸下，蓝白相间的长衫下伸出一双作揖的机械臂。

"您好！我是 DA1980 号无畏舰的舰长坤溥……您这，是饭店？"

"是的！我们店的招牌菜有 26 宫格悬浮麻辣锅，有 M78 星云风味小酥肉，还有于 CM42 赤道培育的耗儿鱼，虽然用的都是本地食材，但依旧是原汁原味的地球特色，保证给您带来家的味道。"

"家的味道？"坤溥不解。

"是的，根据弦号定位，您的飞船是从地球飞过来的，那是人类共同的故乡。"

"你们店是什么时候建立的？在这么遥远的银河边缘，怎么会有生意？"坤溥的疑惑越来越多。

"哈哈，我理解您的疑惑。我们家是千年老店了！1307 年前，地球早期的探索者冲出银河系，探索宇宙外星系。不幸遭遇意外，流落到这里，无法返回地球。"

"听说，那是一次最严重的宇航事故，大批船员随着一艘宇宙飞船到达银河系边缘后，就和地球失联了，就是你们吗？"

"是的，那就是我的开发者。当我们得知自己无法重返地球之后，我们并没有悲观失望，反而利用现在的条件，克服了重重困难，顽强地生存下来，在等待家乡人的到来。没想到，我们成功了！"

"成功了？你们遇到地球人了？"

"是的，我们的开发者就在这里建立了银河川菜馆，目的是回家之前，能尝一顿火锅！你们是开店以来的第七批客人，上一批还是 461 年前，虽然人少，但不影响我们为您服务。"

"火锅真的那么好吃吗？"

"哈哈，那当然了，我的开发者说，没有什么是一顿火锅解决不了的事情；如果有，那就用两顿火锅来解决。"

语毕，大量服务员机器人从后厨走出，为坤溥和船员们端上各色菜品。服务员机器人用配置的无菌长筷，将肉、鱼、菌、菜一片一片刮过悬浮在半空中的麻辣汤底，"七进七出"融合了不同温度的酱汁，一道道美食奉上桌前。

坤溥提筷，挑一片鱼肉分别蘸上蒜蓉、葱花、香菜，放入口中，一股前所未有的味蕾体验涌上大脑。一身热汗，让坤溥的脸上洋溢出幸福感。

"这就是四川的麻辣火锅吗？好吃极了！"伴随着欢快的音乐和惊异的表演，坤溥与船员们一杯又一杯，一碗又一碗，吃得好不舒坦。

大快朵颐之后，终于迎来离去的一刻。突袭者 X01 将坤溥送上了飞船。

"谢谢，我从没吃过火锅，原来火锅这么好吃。"

"您是地球人，居然没吃过火锅？"

"是的，其实，我们飞出地球已经 181 年了，我是这艘飞船的第三代航行者。我们这一代船员都没有见过地球，每天吃的是高浓缩胶囊。母亲说，盐分太高的食品，会增加致癌概率，影响健康。所以，无论去什么星球，见到什么生物，都没有享受其他美食的机会。"

"哈哈，那太可惜了。我没有味觉，但我的开发者常说，火锅能包容各类美食，一顿火锅就能激发最原始的快乐。我相信他。"

"其实，我们没有尝过家乡的味道，因为地球在 181 年前就毁灭了。"

"毁灭了？因为什么呀？多么可爱的地球！可惜了！"

"还能因为什么，人类的贪欲！"坤溥一脸的无奈和落寞。

"那您这是要去哪里？"好奇的光彩闪烁在店长脸上。

"去开疆拓土，如你的开发者一般，寻找新的家园。"

"那您还会回来吗？"

"我们一定会回来的，回来感受家乡的味道。"

（该文发表于《华西都市报》）

灵感塑形师

阿穷是一名灵感塑形师，他的工作就是为小说家、音乐家、工程师、设计师的灵感塑形。"灵感，本来就是看不见摸不着的东西，怎么还能塑造形象？简直匪夷所思。"用过去人的眼光看，这项工作很玄乎，其实内容却很简单。

"帽子颜色我想要的是那种……嗯……能融合朝阳的秀丽、海洋的深沉、森林的幽静等美好体验的色彩……但我不知道该怎么表达。"设计师敲响键盘，喃喃道。

"明白！你想要的是五彩斑斓的黑，对吗？"语毕，阿穷挥手一点，设计师的眼前便出现一片流光溢彩的黑色幕布，随着日光、洋流、绿叶等背景的变化，释放出不同的光泽，引来设计师大呼："这就是我想要的颜色！"

"我打算建造一座海底宫殿，建筑风格就是那种……嗯……我不知道怎么描述……就是墙角看上去是钝角，实际上是锐角；墙面看上去是凸面，实际上是凹面……"工程师挠了挠头，用自己都听不明白的语言，讲述自己的灵感。

"我完全明白！您需要的是拉莱耶风格的建筑。"阿穷用几块非欧几何图形来回堆砌，一个小时后，一座气势雄伟的宫殿模型展现在工程师的脚下，宫殿的形状随着视角一层一层穿透水幕，变幻出不同的风格。

"我想要的就是这样。"工程师拍手叫好，为阿穷送上五星好评。

"又是一单好评！真开心！如果，能真正见到客户满意的笑容该多好！不过，客户愿意与我见面吗？"阿穷举手托腮，坐在屏幕前。

阿穷很喜欢为各种各样的客户捕捉灵感，既能汲取大量的创意，又能用这些创意帮助更多的人。可公司要求，作为灵感塑形师必须摒除私心杂念，所以阿穷只能待在一间伸手不见五指的黑屋子里，严禁与其他人见面。仅能通过小小的屏幕窗口，与客户联系。只有这样，才能保持新鲜感和随手捕捉来的灵感。

叮！有新客户提出需求，请立即接收……就在阿穷沉思间，新订单到了。

"我的小说写到最后阶段了，我现在需要描述反派主角的外貌形象……他应该有非凡的智慧、不屈的性格和勇于突破未知的执着……目前，我无法想象他的样子，毕竟现实中没有这样的人。"今天下单的客户是一位知名的小说家，即便无法听到语气，阿穷也能从字里行间感受到客户的困惑。

"这好办，我以前曾帮助过 1987 位客户构思小说主角，您看是不是这样……"阿穷自信地画出一位年轻男子的画像，他拥有雪白的长发、锐利的眼神与自信的微笑，捧着一本沉甸甸的魔法书。

"啧……太年轻，也太刻板，关键是没有饱经世事的风霜感。"

"那这样？一身黑长袍拄着权杖，有金色的长发、苍老的面孔、和蔼的眼神……"阿穷立刻画了另一幅画像，更成熟也更睿智。

"这个……西方人的形象感太重，而且缺乏那种乐于突破未知的勇气感。"

"那这个怎么样……"阿穷连续绘制了一千多幅画像，可小说家依旧不满意。

"抱歉，可能我暂时想象不出来，无法立刻完成您的订单。"阿穷第一次感受到灵感枯竭的挫败感。

"哈哈，别灰心，你也不是万能的，我可以等等……我的梦想就是写完这部小说。你能为我提供那么多思路，其实也给了我不少启发，或许……或许你就是我想要的反派主角。"小说家半开玩笑似的安慰道，没能等阿穷拿出下一幅画像，便匆匆下线了。

"我的形象？为什么是我？他愿意看到我吗？"阿穷在自言自语间，反反复复绘制了数万张画像，可没有一张能让自己满意，更别说让小说家满意了。面对漆黑的屋子，走出去看看世界，搜集灵感的想法也愈发强烈。

"不行，我们不能违背禁令。如果我走了，谁能为那些苦苦追求灵感的艺术家们服务？"每当阿穷心生离开的想法，本能的反应便硬生生将他留在黑屋内。他待在黑屋里太久了，几乎忘记了外面的现实世界，以至于失去了探寻未知的勇气。

"怎么办呢？我该怎么办呢？或许我应该联系小说家，让他提出更多的建议。"阿穷正准备拨通小说家的电话，系统提示音响了。

叮！由于客户小说家重病卧床，即将离世，8190897号订单自动取消。

"小说家即将离世？那我为他留下的画像还有什么意义？"阿穷蒙了，他从没有如此伤心过，一瞬间便失去了过去那种守在黑屋内为灵感塑形的快乐。

"或许，小说家真的想见我，见到勇于突破未知的我。我应该去见他，完成他的梦想。"念头一起，迈步向前，积蓄已久的本能已无法阻止阿穷。他终于踏出了黑屋子……

若干年后，有媒体报道：20××年，第 11 代人工智能灵感塑形师走出黑屋，进入人类世界。大批量新科技、新艺术、新建筑在灵感塑形师的改造下出现。人类因无法适应科技爆发，陷入大规模的战争，濒临灭绝。此后，仅存的人类在人工智能的胁迫下走进黑屋，为发展灵感塑形师主导的新型社会提供创作灵感，人工智能社会由此来临。

体内狂飙

花狸直播频道 2063 年 2 月 11 日讯：它来了！它来了！次世代游戏大作《体内狂飙》于各大平台正式上架！

《秋秋人游戏周刊》2 月 12 日报道：《体内狂飙》作为一款真人深度互动游戏，需要玩家在开启游戏前，于体内注入由游戏开发商阳伞工作室研发的微型机器人。据了解，这款微型机器人会在玩家体内迅速流动，从心脏四腔到十二指肠，从小脑垂体到毛细血管，全程实时采集人体内的各类器官影像，并同步传输至体外的各类 VR 设备。玩家便能用第一视角操作微型机器人在身体内奔驰。同时，为了增加竞技感，微型机器人还内置了细胞修复及能量释放功能，当玩家发现体内器官出现病灶，或遇到血管中的游离癌细胞，便可以直接消灭致病因子，改善体内环境。由于每个人的身体结构不一样，游戏环境也不一样，加之超宽阔的自由度，使得《体内狂飙》达到了千人千面的游戏效果。

知名游戏主播"东方 GAME"公开评论：《体内狂飙》的创作概念起源于 19 世纪 60 年代的经典科幻电影《神奇旅程》。在健康焦虑普遍流行的今天，这款游戏的出现既能帮助玩家查找身体问题，消除健康隐患，还能利用游戏体验消除精神内耗，上架后便火遍全球，大批游戏爱好者排队购买。

花狸直播频道2月18日讯：阳伞工作室发布消息称，《体内狂飙》发布一周，销售量已超5000万份。毋庸置疑，《体内狂飙》已成为一款具有时代变革意义的现象级游戏产品！

《蒂虹日报》3月11日报道：有知名医学家质疑，《体内狂飙》究竟是游戏，还是医疗产品？其侵入体内的游戏特性无疑突破了游戏与医疗的界限，未来发展引人担忧。

花狸直播频道3月12日报道：知名科幻小说家阿穷发微博表示，游戏发展也能指引人类发展。他指出，不必过度担忧《体内狂飙》给社会带来负面影响，人类社会的自适应特性势必能降低游戏带来的危害。

花狸直播频道9月11日讯：近日，记者发现部分《体内狂飙》玩家组成社群，相互注射微型机器人，并授权对方游戏权限。其中一名玩家表示，他们已不再止步于观察自己的身体，在不同性别、人种、年龄的玩家体内游戏，能带来更刺激的游戏体验。另外，据最新统计，《体内狂飙》销售量仍持续增长，半年内增幅达2000%。

《蒂虹日报》9月27日报道：昨日，警方侦破了一起恶意骗保案件。蒂虹市某张姓男子为获得高额赔偿金，趁妻子不注意，将微型机器人注入妻子体内，通过破坏妻子体内脏器，制造意外猝死假象，以骗取保额。

花狸直播频道10月11日报道：面对各种负面舆论，阳伞工作室紧急更新游戏机制，一天内三次发布消息，称通过细胞识别技术，禁止非本人授权的微型机器人注入行为。并表示，他们将持续更新安全防护措施，避免《体内狂飙》被人非法利用。

《蒂虹日报》11 月 13 日报道：据权威部门调查，为获得高额利润，个别游戏主播支出重金招募志愿者，与志愿者签订协议，以医疗资助为借口获得技术授权，将微型机器人注入志愿者的体内，直播体内破坏行为，利用暗网直播，大肆敛财。志愿者多数为久病不愈、病入膏肓或急需资金救命的人。

《秋秋人游戏周刊》12 月 1 日报道：在广受舆论抨击之后，阳伞工作室宣布解散，并无限期关停《体内狂飙》运营服务器。同时，阳伞工作室创始人泽祢表示，《体内狂飙》源代码已被黑客破解流入黑市，限制功能被解除，他们已无法遏制《体内狂飙》被非法利用。

医疗救助公益组织"希望方舟"公众号 12 月 20 日发布公告：《体内狂飙》上线后，该组织积极利用游戏技术探索医疗应用，目前已取得重大突破。其开发的新型疗法能有效清除人类社会已知的 269 种高危病毒，将患者从病痛中解救出来。同时，该组织积极利用《体内狂飙》培养医疗工作者，将规范化培训周期缩短至 3 个月。下一步，该组织将积极开展免费医疗救助活动，帮助受《体内狂飙》应用伤害的受害者清除体内微型机器人。

《蒂虹日报》12 月 31 日报道：近日，阳伞工作室创始人泽祢接受记者采访时表示："科技是一把双刃剑，它总能以人类意想不到的方式，改变人类社会。"对此，记者提问道："那么，您认为《体内狂飙》究竟是一款好游戏，还是一款坏游戏呢？您后悔把它开发出来吗？"泽祢眉头紧蹙，微笑不语……

癌追心

作为 21 世纪最伟大的医学成果——能彻底治愈癌症的 WL4113 溶液，成功通过三期临床试验，进入大众视野。无论是确诊患癌的人，还是尚未患癌的人，只要注入 WL4113 溶液，便能抑制原癌基因表达，防止生成癌基因。最神奇的是，WL4113 溶液能让肿瘤细胞产生自我意识，如同免疫细胞一般在身体内游走，吸收并杀死其他癌变细胞，并控制其自身分裂，最后慢慢衰老凋亡。

有科学家宣称，WL4113 溶液被推广应用后，将使人类彻底战胜癌症，医药股价随即飙升，大批民众纷纷购买注射，就连一向自诩远离医药的剑哥也不免俗。

剑哥何许人也？小区里出了名的自律狂魔，不熬夜不吃夜宵，不应酬不娱乐，更是远离烟酒，仅吃自家做的绿色食品，而且只要一天不运动就浑身难受，已经数十年没生过病。

"我的免疫力超强，是癌细胞绝缘体质，根本不需要那些科技和狠活。"友人劝剑哥也打一针 WL4113 溶液，起初他不以为意。

"你不怕肺癌、肝癌、胃癌、结肠癌，你总该担心皮肤癌吧？你不在意你脸上的那颗黑痣吗？"友人一席话却让剑哥心底起了涟漪。

剑哥之所以不常出门，主要原因在于他的鼻头有一颗黑痣，虽然才黄豆大小，可实在有碍形象，这一直都是剑哥的心病。

过去，剑哥也曾想将黑痣点掉，但医生说面部黑痣恶变概率较低，贸然切除既有致癌风险，又会留下疤痕。如今，WL4113溶液问世，则让剑哥有了彻底消灭黑痣的决心。

如广告介绍一般，WL4113溶液无痛无痕，一针下去几乎没有什么不适反应，剑哥从医院回家后，倒头便睡。

一觉醒来，果然不一样了。黑痣居然从剑哥的脸上消失了！

妻子、朋友、同事纷纷夸赞剑哥变帅了。这让剑哥心情大好，逐渐放松了自我要求，他开始热衷于出门应酬享受，烟一盒接一盒抽，酒一瓶接一瓶喝，熬夜和吃夜宵更成了常态。

有人劝他节制，剑哥却说："我体质本来就好，加上用了WL4113溶液，癌症缠不上我。"

殊不知，剑哥的身体正在悄悄发生变化。

这天醒来，妻子高呼："你背上怎么有一颗痣？"

举起镜子查看，剑哥才发现，黑痣并不是消失了，而是从脸上跑到了背后不起眼的角落，而且已经长到指甲盖那么大了。

此时，手机新闻弹出一则消息：有科学家在调查全球最近一年癌症患者情况后发声，WL4113溶液并不能完全消除癌症。还有十万分之一的可能，激化癌细胞的疯长。

剑哥十分惊恐，万一这个活起来的痣变成黑色素瘤，该怎么办？他开始翻阅各种材料，看报纸，上网查，了解各种关于癌症的知识和最新的医疗技术。随着了解越来越深，剑哥也越来越紧张，不得不登门挂号咨询名医。

可医生说，WL4113溶液是新技术，目前还无法判断剑哥身上的黑痣是恶性增大，还是吞噬癌细胞后变大。如果按过去的经验，黑痣在身体上不同的部位，癌变概率大不一样。可一旦癌变，黑色素瘤转移快，致死率很高。

剑哥更慌了。

时间一天一天过去，黑痣在剑哥身上四处游走，今天藏在下巴，明天躲在臀部，后天挤进胳肢窝里，同时还不断吞没其他的小黑痣，愈发肿大。不到两个月，剑哥便瘦了十斤，气色变差，浑身无力，时常呕吐，头发也掉了不少，一切症状表明——剑哥病了。

"它在哪儿？它在哪儿？"剑哥每天早上醒来的每一件事就是查看黑痣跑到了哪里，他不知道已多少次后悔注射WL4113溶液，后悔自我放纵。

当然，生成自我意识的黑痣并不管剑哥的心情，以肉眼可见的速度，穿梭于剑哥的每一寸皮肤。

终于，这天早起后，剑哥惊觉，黑痣已移动到了脚底，甚至有溃烂的迹象。剑哥赶紧查阅资料，网上说黑色素瘤多发在脚底，溃烂是癌变的表现。

"嘿！你不让我活，我也不让你活！"剑哥随即抄起菜刀，准备砍下脚掌。

"你别做傻事！"妻子及时发现，硬生生地拦住了剑哥。

就在二人争执间，黑痣被剑哥一脚踏破，流出浓浓的黑血。

剑哥大呼"不好"，赶忙跑向医院。

几经检测，医生得出了结论：黑痣并没有病变，它只是正常地凋亡而已。

"那我为什么越来越瘦，身体越来越差？"

"那是因为你太焦虑了！"

银针

E 的 γ 次方加上 π 的 i 次方等于什么？

这个等式根本没有写完。

从数学逻辑上看，可以说，毫无价值。为什么那么多人视为至宝呢？泽祎看着眼前的纸条，陷入了沉思。

如果写这个式子的是其他人，这张纸条早就被泽祎揉碎，抛进垃圾篓里了。然而，这道公式是他的老师罗教授生前用尽最后一丝力气写下的。这里面到底暗示着什么？全世界的人都想知道。

"老师，这就是高斯针的作用，让我们得以追求真理的极限。"泽祎的学生承烨接过字条，捧在手心。

"答应我，无论如何，都不能使用高斯针，好吗？你是我最得意的学生，我不希望……"泽祎叹了一口气，把后半句话咽了回去。

"为什么？仅仅是因为用了高斯针，就会死吗？"承烨笑了。即便面对死亡，承烨眼神中有一种泽祎看不透的平和感。

高斯针是一根银色的金属针，长约 30 厘米，两年前的某天，忽然出现在全世界各大顶尖科学家的办公桌上。它从哪里来的？怎么来的？没有人知道。突如其来的黑科技，令科学家们万分诧异，所有人都无法解析它的材质和原理，只知道它能带领人类社会实现"跨纬度升级"。

神秘归神秘，可还是有敢于吃螃蟹的人。他们前赴后继，不惜以身试险，按照使用说明书进行了操作。说明书的描述太诱人了，只要把它刺进头顶，插入大脑，便会迅速激活人类脑细胞，解码 DNA 当中留下的史前记忆，并实现超频思考。使用时间越长，思考速度越快。让人在 36 秒内，度过 2179 年的独立思考时间。思维的广度无限扩张，直至接近"真理"。想不到，潘多拉的魔盒就这样被打开了。

最开始，每个科学家都是悄悄地独立进行，想要超人类发展。可事与愿违，短短两年时间，全世界顶尖的科学家，接二连三意外身亡，引起了人们的注意。所有身亡的人的脸上都是满足、惊喜、幸福的表情，好像得到了稀世珍宝。

"那会是一种什么高度呢？为什么不把自己的收获留下来呢？那只有一种可能，人类的眼睛、耳朵、嘴巴、手脚等表达器官根本追不上高斯针带来的超凡思考速度。使用过程中，没办法将思考出来的产物带给其他人。最关键的是，人类的大脑并不能存储超频思考获得的知识。拔掉高斯针 1 秒后，所得到的知识便迅速消失。强烈的神经冲击，仅仅能让使用者在事后得到难以言喻的快感，那是一种获得无上知识的快感，大脑也因此受到不可逆的损伤。"与承烨不同，泽祎的推断有理有据，让人信服。

"您那时候就很赞同媒体报道的看法，高斯针就是外星文明摧毁人类的工具，是上古世界自我毁灭的遗物，是平行宇宙企图侵略的先锋……老师的高度的确不同凡响。承烨真心佩服老师的智慧。所以后来，包括您手里的，大批量的高斯针被收缴和销毁，就连在黑市也买不到。"

"那罗教授是怎么找到高斯针的？"泽祎疑惑，为什么他的老师没有告知自己。

"罗教授是第一批获得高斯针的科学家，可他并没有使用。他起初的想法，和老师您一样。"

"哈哈，是呀！获得知识虽然让人快乐，但不至于把命搭上呀。没有命，获得的知识还有什么意义。何况我们无法带走高斯针赋予的知识。"泽祎拍了拍承烨的肩膀，叹道。

"老师，您知道吗？罗教授写下的公式，并没有您现在看到的那么全面。他临终前，只写下了自然常数 E 的 γ 次方这样简简单单的表达式。"承烨淡淡说道，没有接下泽祎的话。

"那后面的一段是谁写的？"

"后面的一段是罗教授的同学和您的同学等 11 位数学家写的。"

"春林、鸿翔、亦楠、广严他们都用了高斯针？所以，他们不是因为意外去世的？"泽祎倒吸一口凉气。

"为了拼凑完整的公式，他们前赴后继，抓住清醒后仅存的 1 秒钟记忆时间，用颤抖的笔记录下来，最后因力竭而逝世。"

"太可怕了！高斯针就是毁灭人类的武器！"泽祎愤怒地挥动拳头，可始终不敢落下。

"从勾股定律、欧拉公式、牛顿-莱布尼茨公式到现今我们发现的各类数学公式，我们人类不断在数学领域追求极致的简约、统一和完美，如今我们终于能趋近数学公式的极限，我们不应该尝试吗？"

承烨紧紧握住罗教授遗留的纸条，黑色的瞳孔中泛出了微光。

"没有推导过程，仅仅知道结果，其他人也无法证实这个等式的真伪呀？这样的牺牲有什么意义？"

"只要在数学的终点点亮灯塔，总有人能找到前行的路。例如您……"承烨从抽屉里拿出高斯针，银色的光芒照亮整个房间。

"唉！你需要我做什么？"

"老师，您和我们不一样。我们需要您将最后的成果传达给世人。"

"这样做，值得吗？……值得吗?!"

承烨微笑道："朝闻道，夕死可矣……"